LE GUIDE DES LIGNES DE LA MAIN POUR LES DÉBUTANTS

POUR S'INITIER À LA PRATIQUE DE LA CHIROMANCIE

MARABOUT

LISA BUTTERWORTH
PHOTOGRAPHIE LISA LINDER

LE GUIDE DES LIGNES DE LA MAIN POUR LES DÉBUTANTS

POUR S'INITIER À LA PRATIQUE DE LA CHIROMANCIE

SOMMAIRE

INTRODUCTION

On dit que les yeux sont les miroirs de l'âme, mais, en tenant les mains d'une personne, vous avez accès aux histoires de toute une vie. On utilise ses mains chaque jour, pour bien des choses, tant triviales que créatives, pour prendre soin des autres aussi bien que de soi.

Les mains constituent une extension de soi. Elles préparent les repas qui nous nourrissent, nettoient le foyer qui nous abrite, peignent des images, écrivent des livres, jouent de la musique, entretiennent nos jardins. Elles caressent et réconfortent ceux que nous aimons et nous protègent même parfois du mal. Il n'est donc pas si étonnant qu'elles recèlent des secrets sur notre vie et notre identité.

La chiromancie est le langage tacite qui transmet les enseignements que recèlent nos mains. Apprendre non seulement à lire les lignes de la paume, mais aussi à interpréter la forme de la main, la longueur des doigts et la signification des empreintes digitales et d'autres marques revient à prêter l'oreille à tout un monde de découvertes. Ou peut-être serait-il plus juste de dire que l'on soulève ainsi un voile que l'on tenait depuis tout ce temps entre nos mains. Les pages qui suivent peuvent servir de guide pour s'initier à une utilisation moderne de cette pratique ancestrale. Passer du temps à lire ses propres mains est un outil puissant pour faire un travail d'introspection et de découverte de soi. Lire les lignes de la main d'une autre personne offre un moyen de connexion intense. La chiromancie se base sur l'analyse des mains, mais c'est avant tout un exercice d'humanité, qui vous changera assurément.

CHIROGNOMONIE

ÉTUDE DE LA FORME DE LA MAIN, DES DOIGTS
ET DES ONGLES, ET DE LA TEXTURE DE LA PEAU

CHIROMANCIE

LECTURE DES LIGNES DE LA MAIN

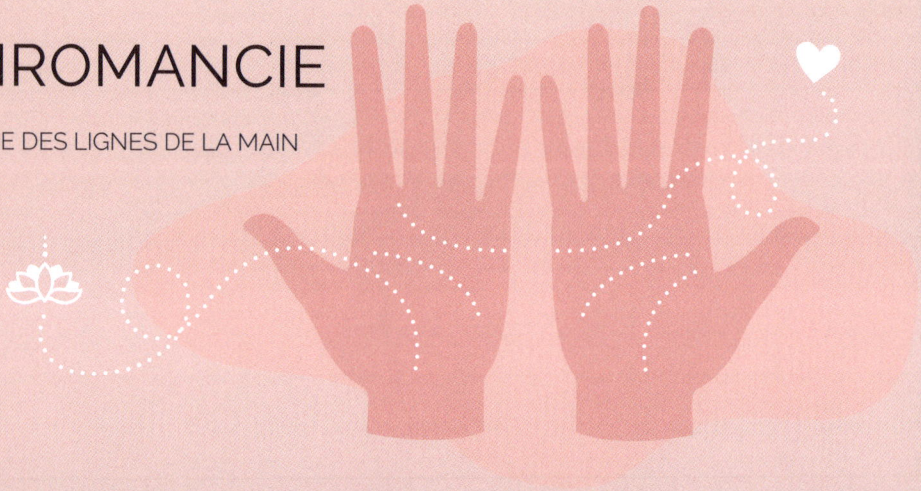

DERMATOGLYPHIE

LECTURE DES EMPREINTES
DE DOIGTS ET DE PAUMES

QU'EST-CE QUE LA CHIROMANCIE ?

La chiromancie, parfois appelée chirologie, concerne l'étude des mains et l'interprétation des formes, lignes et marques présentes sur les paumes, les doigts, les poignets et le dos des mains. Cette analyse peut servir à éclairer des traits de caractère, faire émerger des schémas et aider à faire des choix de vie conscients.

LES DIFFÉRENTS ÉLÉMENTS

Même si la chiromancie est souvent réduite à la lecture des lignes de la main, cette discipline comporte aujourd'hui différents systèmes d'observation et méthodes, notamment l'analyse de la main. Chaque approche révèle certaines informations, et les rassembler fournit une lecture plus détaillée. Combiner la lecture des lignes de la paume avec d'autres éléments d'analyse permet d'avoir une compréhension plus profonde et une meilleure lecture.

LA CHIROGNOMONIE

Avec cette approche, on considère la main dans son ensemble, en étudiant sa forme et sa structure générale. La chirognomonie s'intéresse aussi aux doigts et aux ongles, y compris leurs longueur, forme et inclinaison. La texture de la peau se prête aussi à interprétation.

LA CHIROMANCIE

C'est la pratique divinatoire la mieux connue, et c'est l'élément principal de la lecture des mains. En fait, la chirologie est souvent réduite à cet aspect, bien que, de nos jours, la divination à partir des mains découle d'une analyse plus variée. La chiromancie est l'art de lire les lignes de la main sur la paume de quelqu'un, en étudiant leur longueur, leur qualité et leur apparence, afin d'interpréter les caractéristiques d'une personne, ses traits de personnalité et éventuellement la trajectoire de sa vie.

LA DERMATOGLYPHIE

L'étude des motifs sur les doigts et les mains constitue la branche la plus récente dans l'analyse des mains. On connaît surtout cette discipline en lien avec l'identification des personnes et la criminologie, car chaque individu possède des empreintes digitales uniques qui se forment in utero et perdurent toute notre vie. Mais, dans l'optique de la chirologie, l'étude des empreintes de doigts et de paumes se prête aussi à des interprétations pour détailler la lecture des mains.

PETIT HISTORIQUE DE LA CHIROMANCIE

Les origines exactes de cette pratique sont difficiles à identifier (comme beaucoup de choses remontant avant l'invention de l'écriture), mais ce dont on est certain, c'est que ce savoir s'est étendu à travers les cultures et les millénaires.

AU DÉBUT

On pense qu'à l'origine cette pratique vient de l'Inde. La lecture des mains est mentionnée dans le Veda (ensemble de textes sacrés hindous) et cet usage s'est sans doute répandu à partir de cet épicentre, notamment grâce aux peuples nomades qui ont diffusé ce savoir et son histoire orale.

VARIATIONS CULTURELLES

La plupart des cultures disposent de leur propre variante de la chiromancie, pour adapter cette pratique aux époques et traditions, ce qui a conduit à des significations différentes des lignes et des marques. La chiromancie s'est étendue en Chine, en Égypte et dans l'Asie du Sud-Ouest. Il en est fait mention plusieurs fois dans la Bible et il est probable qu'elle soit parvenue dans le monde occidental à travers les cultures grecque et romaine – Aristote la mentionne dans ses écrits, qui datent du IVe siècle av. J.-C.

RÉPRESSION ET RÉSURGENCE EN OCCIDENT

Au Moyen Âge, l'art de la lecture des mains fut réduit à la clandestinité en Europe, principalement parce qu'il fut décrété blasphématoire par l'Église catholique, comme bien d'autres pratiques divinatoires. En Angleterre, au XVIe siècle, le roi Henri VIII a même interdit la chiromancie. Ses liens avec la sorcellerie et les traditions païennes reléguaient cette pratique aux marges de la culture, mais la fascination des hommes pour les mains et les histoires qu'elles racontent n'a pas été éradiquée, et bientôt la lecture des lignes de la main a connu une renaissance qui a marqué le début de son acceptation dans le monde occidental.

AU DÉBUT

La chiromancie a peut-être vu le jour en Inde et a essaimé en partie grâce aux peuples roms nomades.

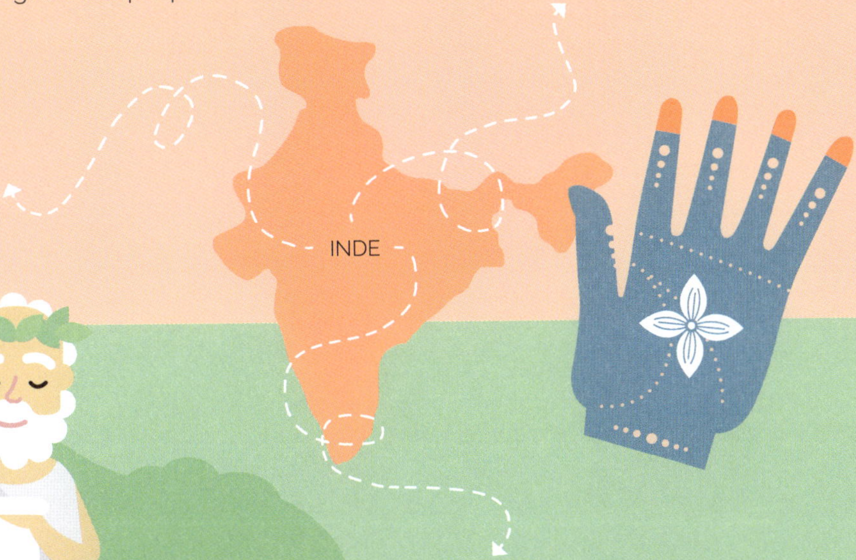

IVe AV. J.-C.

Aristote mentionne la chiromancie dans ses écrits.

RÉSURGENCE

Après un déclin pendant le Moyen Âge, la chiromancie est maintenant acceptée partout dans le monde.

LA CHIROMANCIE AUJOURD'HUI

La pratique telle que nous la connaissons de nos jours dans le monde occidental trouve son origine à la fin du XIXe siècle.

ORIGINES MODERNES

La société de chiromancie de Grande-Bretagne a été fondée en 1889, suivie peu après, en 1897, par la société de chiromancie américaine. Ces groupes visaient à accroître la légitimité de la chiromancie, en intégrant les données scientifiques sur l'analyse des mains et en redonnant une approche sérieuse à la pratique. C'est à peu près à la même période qu'ont été publiés plusieurs ouvrages sur le sujet, très influents. D'abord *Language of the Hand*, en 1895, écrit par l'Irlandais Louis Hamon, dit Cheiro, puis, en 1900, un autre texte fondateur : *The Laws of Scientific Hand Reading* (« Les lois d'une chiromancie scientifique »), écrit par un médecin américain, William G. Benham. Même si beaucoup d'autres ont été écrits depuis, ceux-là ont eu une importance cruciale pour façonner ce qu'est devenue la pratique chiromancienne aujourd'hui.

L'ÉVOLUTION DE LA CHIROMANCIE

Bien sûr, la lecture des lignes de la main a évolué au fil de ses milliers d'années d'existence. D'abord pratique divinatoire s'apparentant à la voyance, la chiromancie moderne ne se limite plus à la superstition, par l'introduction, à notre époque, de l'analyse de la forme de la main dans son intégralité, et, plus récemment encore, de la science dermatoglyphe. Le Dr Harold Cummins, pionnier dans la recherche dermatoglyphe, a publié un livre médical sur le sujet en 1943 : *Fingerprints, Palms and Soles* (« Empreintes digitales, palmaires et plantaires »).

LA CHIROMANCIE CONTEMPORAINE

Aujourd'hui la chiromancie s'attache moins à prédire les événements qu'à favoriser l'introspection et la découverte de soi. Bien entendu, la lecture des lignes de la main reste l'élément central de cette pratique, mais d'autres éléments entrent désormais en considération dans l'analyse, tels que les gestes des mains, leur forme et la texture de la peau, la longueur et l'apparence des doigts, le développement des différentes zones de la paume. Au lieu d'offrir une chronologie immuable de l'existence d'une personne, la lecture moderne des lignes de la main ne parle pas de certitudes, mais propose une vision approfondie de l'être, pour mieux comprendre son caractère et prendre conscience de ses comportements et motivations afin de vivre la vie souhaitée. C'est une technique exploratoire fascinante et efficace. Quand on sait interpréter leurs signes, les mains racontent leur histoire comme un livre ouvert.

CARTOGRAPHIE DE LA MAIN

Si la chiromancie est considérée comme une exploration, on peut voir la main comme la zone à explorer, et cette pratique, sous ses nombreuses facettes, nous fournit une carte très utile. La chiromancie donne le contexte nécessaire pour traverser la paume et décrypter les zones riches en informations qu'elle recèle. Chaque branche de la chiromancie fournit un élément qui aide à former une carte cohérente, permettant de préparer et de guider ce voyage.

LES PARAMÈTRES

En observant la forme de la main, on peut commencer à comprendre les abords de la zone à explorer, et la disposition générale de la personne.

LE TERRAIN

La paume de la main est organisée en une série de zones appelées « monts », chacun correspondant à une des planètes décrites dans les pages qui suivent. Ces monts constituent le terrain de la main, et leur nature, marquée, moyenne ou sous-développée, révèle l'importance du rôle de la planète associée dans la vie de la personne dont on lit la main. Apprendre à connaître ces zones revient à se familiariser avec la topographie d'un lieu, pour savoir où se trouvent les collines et les montagnes, s'il y a une vallée, etc. Il est important de bien les observer pour avoir une bonne idée de la configuration des lieux, une vue d'ensemble de la paume et des caractéristiques générales qui motivent la personne.

RIVIÈRES ET SENTIERS

Nous en venons aux lignes aux trajectoires diverses qui coupent et traversent la paume. Certaines sont longues et profondes ; certaines, presque effacées, courbes ; certaines, brisées et ramifiées. Ce sont les rivières et les sentiers de notre carte : elles sont modifiées par la variété des directions qu'elles peuvent prendre et par le terrain qu'elles traversent au cours du processus. Ces lignes représentent le mouvement et aident à révéler le voyage d'une vie. La paume offre un bon terrain d'exploration, et apprendre à lire cette carte ne constitue que la première étape de cette aventure.

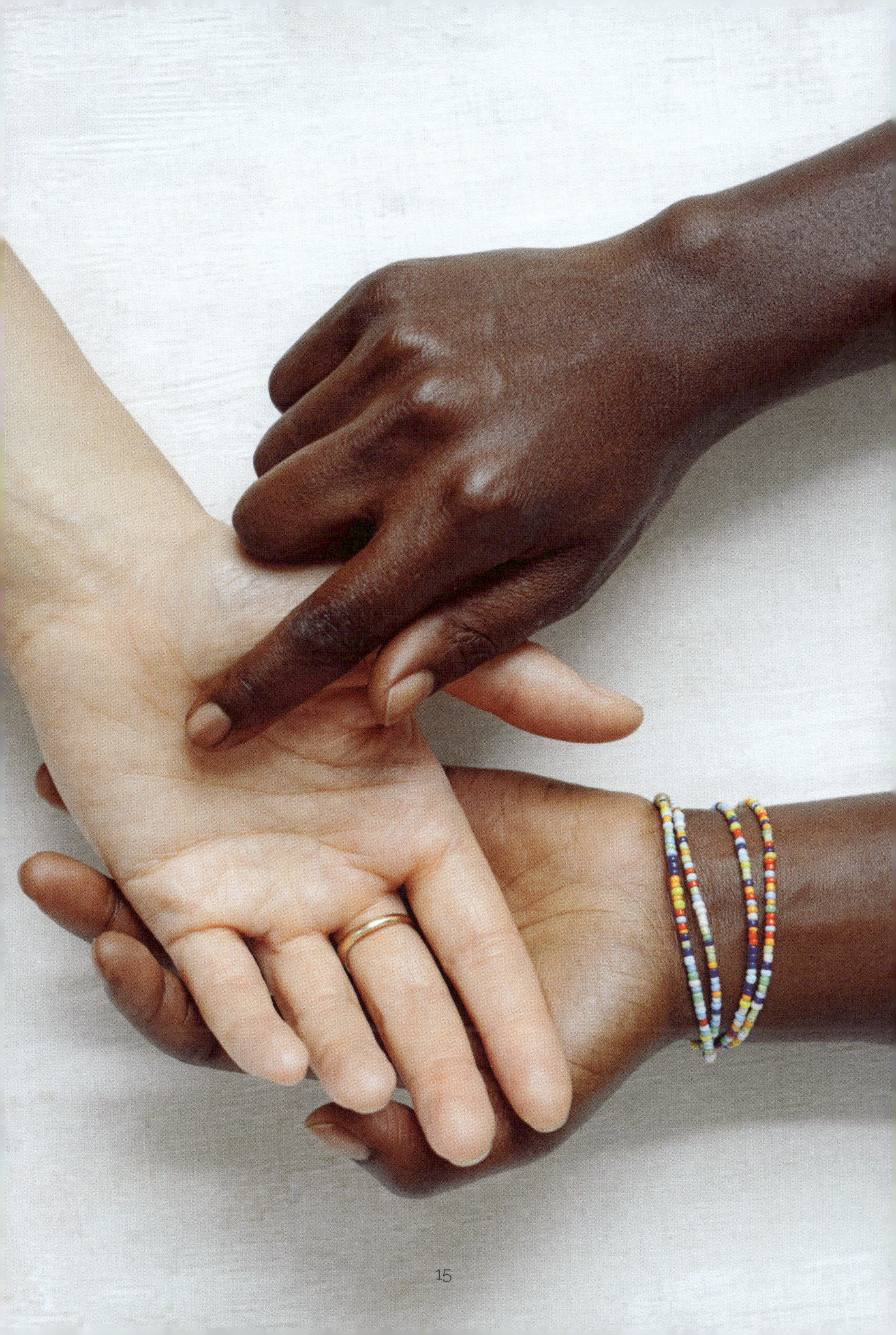

CHIROMANCIE ET ASTROLOGIE

Même s'il s'agit de deux pratiques bien différentes, elles sont liées de manière inextricable.

QU'EST-CE QUE L'ASTROLOGIE ?

C'est une pratique divinatoire utilisant la disposition des « corps célestes » (étoiles, lunes et planètes) pour interpréter et prédire la vie des humains et les événements terrestres.

COMMENT SONT-ELLES LIÉES ?

L'astrologie est fondée sur les mêmes corps célestes, étoiles, lunes et planètes, que les premiers chiromanciens ont utilisés pour organiser leurs systèmes d'analyse de la main. Les éléments – terre, air, feu, eau – qui aident à organiser les différents signes du zodiaque sont aussi utilisés pour interpréter la forme des mains. Les traits de caractère assignés aux différentes planètes en astrologie sont identiques à ceux reliés aux différentes zones de la main, raison pour laquelle chaque mont de la paume porte le nom d'une planète, tout comme les doigts. Bien que la signification des planètes ait évolué de manière légèrement différente pour l'astrologie et la chiromancie au fil des siècles, si les bases de l'astrologie vous sont familières, l'approche chiromancienne ne vous dépaysera pas.

LES PLANÈTES DANS LA CHIROMANCIE

Voici un aperçu des caractéristiques de chaque corps céleste.

Jupiter : ambition, charisme, leadership, spiritualité
Saturne : devoir, structure, systèmes
Apollon (le soleil) : joie, créativité, talent, expression personnelle
Mercure : intelligence, communication, éducation
Vénus : amour, beauté, passion
la Lune : inconscient, sensibilité, intuition, imagination
Pluton : intuition, magie, évasion
Neptune : pont entre la conscience et l'inconscient
Mars : courage, force, affirmation, colère

ASTROLOGIE ET CHIROMANCIE

COMMENT UTILISER CE LIVRE ?

Les chapitres qui suivent donnent un aperçu des différentes méthodes de chiromancie et offrent un éclairage sur les raisons pour lesquelles la carte de la paume d'une personne peut être dessinée de telle ou telle manière. Le dernier chapitre offre des pistes et des conseils sur la manière dont ces nouvelles connaissances peuvent être mises en pratique. Dans son ensemble, ce livre répond à divers buts, selon ce que vous recherchez.

EN GUISE D'INITIATION À LA CHIROMANCIE

Comme nous l'avons vu, sa pratique s'étend à travers les âges et les cultures. Vaste sujet d'étude imprégné par la tradition, elle prend aussi appui sur les avancées scientifiques modernes. Les significations sont individualisées en fonction du contexte et du chiromancien. Ce livre pourra vous initier à cet art fascinant et inspirant, sous forme d'introduction digeste pour les curieux et ceux qui commencent à apprécier ses merveilles.

EN GUISE DE GUIDE

Évidemment, vous pouvez consulter n'importe quel passage de ce livre au gré de votre intérêt, mais vous en tirerez plus de bénéfices en le lisant dans l'ordre où il est présenté. Chaque chapitre prend appui sur les enseignements du précédent, ce qui vous aidera à accroître progressivement votre compréhension des systèmes de chiromancie et des méthodes d'analyse. La progression des chapitres suit également celle de la lecture de la main, pour vous familiariser avec cette pratique.

EN GUISE DE RESSOURCE

Une fois que vous aurez lu cet ouvrage dans son intégralité et que vous commencerez à étudier les lignes de la main sur le vif, vous aurez probablement besoin de garder ces pages à portée de main, pour retrouver un passage particulier ou une page, pour revenir sur un détail ou trouver la signification d'une marque particulière. Vous aurez peut-être besoin de consulter la page qui explique en détail comment réaliser une empreinte de main ou de réviser les étapes de la lecture des lignes de la main avant d'étudier les mains d'autres personnes. Quel que soit le cheminement choisi, ce livre sera un outil fidèle qui vous permettra d'approfondir votre compréhension et vous donnera l'impulsion nécessaire pour embarquer dans ce voyage de découverte de soi, et nourrir votre intuition.

QUELLE MAIN ?

C'est une des questions qui revient le plus souvent quand quelqu'un commence à s'intéresser à la pratique chiromancienne : quelle main convient-il d'examiner ? Chaque paume est différente, y compris la gauche et la droite chez une même personne.

GAUCHE OU DROITE ?

Pour faire court : examinez les deux côtés ! Même si beaucoup de chiromanciens lisent uniquement la paume de la main dominante (celle utilisée pour écrire), lire les deux mains donne un point de vue plus approfondi et plus complet. Chaque paume vous indiquera quelque chose de différent, bien qu'il y ait diverses méthodes pour interpréter ce que vous voyez.

INNÉ VS POTENTIEL

La chiromancie traditionnelle considère que la main passive (non dominante) informe sur la personne que vous étiez en arrivant sur terre : ce que Dieu vous a donné, pour ainsi dire. Cette main montre vos traits de caractère et talents innés. On dit aussi que la main passive est en lien avec le passé : votre enfance, la famille dans laquelle vous avez grandi. La main dominante révèle ce que vous faites avec ces dons, comment vous avez grandi et évolué, et de quelle manière vous utilisez votre potentiel. Elle est marquée par les changements que vous avez opérés ou subis, et par la manière dont ce développement a affecté votre personne et votre trajectoire personnelle.

VIE INTÉRIEURE VS VIE SOCIALE

Certains chiromanciens ont une vision un peu différente des deux mains. Ils pensent que la main passive illustre la personnalité intérieure de la personne : leur essence profonde. La main passive raconte qui est cette personne pour ses amis les plus proches et sa famille. Comme en chiromancie traditionnelle, la main passive révèle davantage ce qui concerne l'enfance et les débuts de la vie, puisque ces années ont une grande influence sur qui nous sommes dans la sphère privée. La main active révèle la manière dont nous nous présentons aux autres, notre manière d'être et d'interagir avec le monde. C'est la personnalité que l'on a développée, par opposition à notre nature profonde.

PAR OÙ COMMENCER ?

Commencez par lire la main passive d'une personne pour sentir qui elle est intérieurement, et d'où elle vient. Puis regardez la main active afin de voir quelle a été sa trajectoire, et vers où elle va. Vous aurez peut-être un élément fourni par la main passive qui vous permettra de comprendre quelque chose qui apparaît sur la main active et, une fois que vous aurez identifié les différences (et les similitudes) entre les deux paumes, vous serez capable d'établir des parallèles entre elles, pour cartographier la manière dont une personne a changé et grandi, ainsi que les raisons de ces changements. Si vous ne devez lire qu'une seule main, choisissez la dominante.

PRENDRE DES EMPREINTES

Lire la paume à l'œil nu est un vrai défi. Même si les lignes majeures et les marques très prononcées sont souvent bien visibles, il peut être difficile d'identifier les empreintes digitales et palmaires, et vous risquez même de manquer les lignes moins profondes et les marques plus légères.

Que vous soyez uniquement intéressé par le fait d'étudier vos propres mains ou que vous projetiez de pratiquer sur d'autres personnes, prendre des empreintes vous permettra de mieux voir les renseignements que la paume peut vous offrir. Il n'est pas toujours possible de procéder à cette étape, mais c'est un excellent moyen de ne pas passer à côté d'un détail. On sait aussi que les lignes de la main peuvent changer au fil du temps, donc garder des archives sous forme d'empreintes peut aider à discerner des modifications. Vous pouvez même commencer à voir des schémas ou des thèmes émerger si vous prenez les empreintes d'un grand nombre de personnes.

CONSEILS POUR LA PRISE D'EMPREINTES

Dans les pages suivantes, vous trouverez la liste du matériel nécessaire pour prendre une empreinte de main, ainsi que des instructions pour procéder à cette étape. Voici quelques conseils supplémentaires pour procéder efficacement.

Entraînez-vous régulièrement : obtenir une belle empreinte peut être difficile au début, mais, comme pour toute nouvelle compétence, plus vous vous entraînerez, plus vous y arriverez naturellement.

Facilitez-vous l'étape de nettoyage : assurez-vous d'utiliser de l'encre soluble à l'eau, bien plus facile à nettoyer que l'encre utilisée pour les tampons. Rincez d'abord la main couverte d'encre avec de l'eau froide, puis avec de l'eau tiède savonneuse. Attention : il faut retirer tout bijou avant d'appliquer l'encre sur la main !

Faites des empreintes distinctes : il est utile de prendre des empreintes de différentes zones séparément, en plus de celle de la paume. Prenez des empreintes des deux mains.

Prenez des notes : n'oubliez pas de dater chaque empreinte et d'indiquer s'il s'agit de la main dominante ou passive, ainsi que tout détail qui n'apparaît pas sur l'empreinte, comme la texture de la peau, sa température, sa souplesse. Vous pouvez aussi conserver des notes sur ce qui ressort de votre lecture des lignes.

PRISE D'EMPREINTE DE MAIN

Réaliser une empreinte de main avec de l'encre et du papier facilite l'étude des lignes et des marques de la paume, et fournit un instantané à une date donnée.

MATÉRIEL

de l'encre noire à base d'eau
un plateau à encre
un petit rouleau à encrer
un torchon
du papier blanc ou du papier cartonné fin blanc

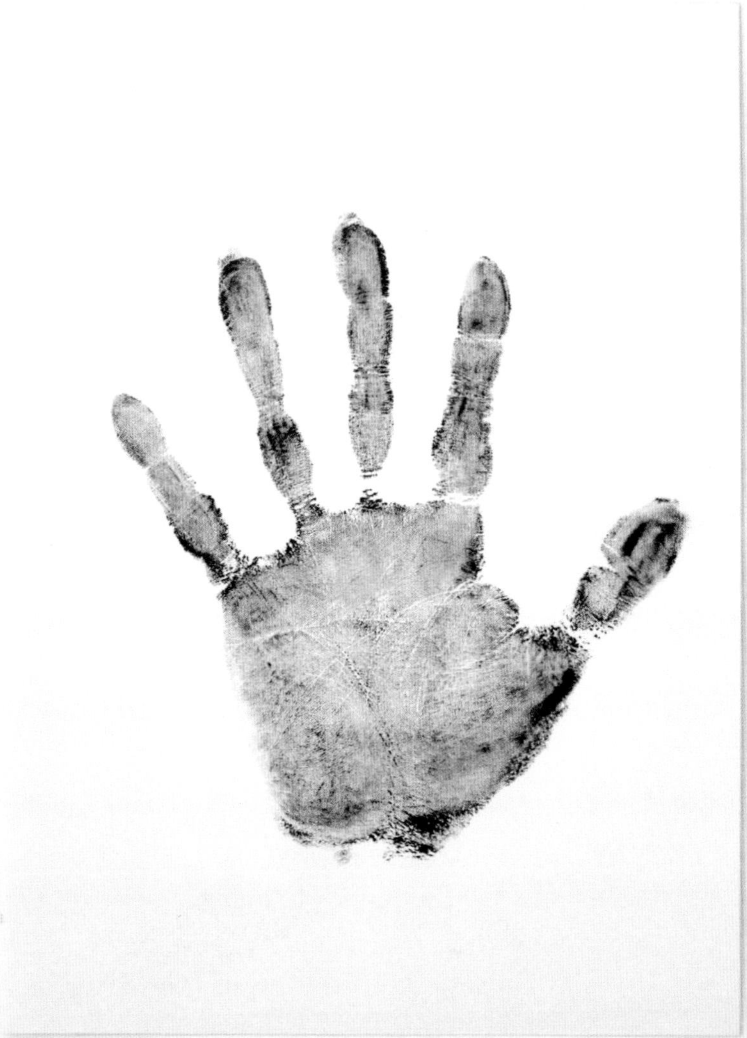

Déposez l'encre sur le plateau et manœuvrez le rouleau encreur pour le recouvrir uniformément d'encre. Puis faites-le rouler sur la paume en n'oubliant pas les doigts et le poignet. Ménagez une base souple en disposant le torchon plié sous le milieu de la feuille. Appuyez la main sur le papier, sans faire baver. À l'aide de l'autre main, appuyez délicatement sur chaque doigt et sur la paume pour que l'empreinte soit la plus large possible. Pour l'empreinte du poignet, soulevez prestement les doigts et la paume, pour appuyer le poignet sur le papier.

CHAPITRE 1 : LES BASES

Avant de vous plonger dans la lecture des lignes de la main d'une personne, vous pouvez déjà trouver des informations à travers la chirognomonie, en examinant la forme de la main, sa topographie, ainsi que les détails comme la couleur et la texture de la peau. Dans ce chapitre, vous trouverez le nécessaire pour poser les bases d'une lecture de la paume sous divers aspects.

LA FORME DE LA MAIN
Déterminer la forme de la main permet de l'associer à un élément, ce qui vous donnera une toile de fond afin de mieux comprendre la personne dont vous étudiez la main.

LES ZONES DE LA PAUME
La paume peut être divisée en quatre sections distinctes, chacune associée à un aspect de la personnalité. Comprendre ces quartiers vous aidera à interpréter des marques spécifiques et à comprendre à quels éléments de personnalité elles se rattachent.

LA TAILLE ET LA TEXTURE
La taille et la texture de la main peuvent aussi donner des indications pour avoir une impression générale de la personnalité, ce qui peut vous aider à analyser ensuite des éléments.

LES MONTS
Examiner la topographie de la main – les monts présents sur les paumes – vous aidera à vous familiariser avec le terrain avant de passer aux lignes proprement dites.

LA FORME DE LA MAIN

Commencez par prendre conscience de la forme de la main. Dans certaines traditions chiromanciennes, on recherche sept formes différentes, mais aujourd'hui les pratiquants préfèrent un système à quatre formes, chacune correspondant à un des quatre éléments : air, terre, feu ou eau.

OBSERVEZ LA PAUME

D'abord, regardez la forme de la paume : est-elle large et carrée, ou étroite et rectangulaire ? En d'autres termes, est-ce que la largeur de la paume est égale à la longueur (de la base de la paume jusqu'à la base des doigts) ? Ou la longueur est-elle considérablement plus grande que la largeur ?

EXAMINEZ LES DOIGTS

Après la paume, passez à l'examen des doigts. Mesurez le majeur de la base jusqu'au bout du doigt. Est-il beaucoup plus court que la longueur de la paume ? Si c'est le cas, vous pouvez dire que les doigts sont courts. Si les tailles sont proches, ou que le doigt est plus grand, on considère qu'ils sont longs.

LE SYSTÈME À QUATRE FORMES

Beaucoup de mains correspondent à l'une des quatre catégories définies, mais si l'appartenance à l'une d'elles n'est pas nette ne vous en faites pas, passez à d'autres méthodes d'analyse et d'interprétation. Parfois la main passive d'une personne a une forme différente de la main dominante. Si tel est le cas, prenez la catégorie de la main passive pour éclairer le passé, et les caractéristiques de la forme de la main dominante pour interpréter le présent et le futur.

MAIN D'AIR

Extraverti + Curieux + Esprit analytique

VUE D'ENSEMBLE

La main d'air est de forme carrée, ce qui donne à la personne un bon sens pratique, tandis que les longs doigts dénotent une capacité à la pensée abstraite. Les gens aux mains d'air sont généralement très sociables, avec un goût prononcé pour la communication sous toutes ses formes. Ils adorent la stimulation intellectuelle et sont toujours partants pour apprendre, débattre ou faire des recherches. Ils ont l'esprit vif et d'une curiosité insatiable. Ce sont souvent de grands voyageurs, qui à peine rentrés prévoient déjà leur prochaine aventure, et qui apprécient d'avoir le loisir d'agir ainsi, tant en amour qu'au travail. Ce sont des personnes rationnelles et logiques, et parfois leur esprit analytique supplante leurs émotions.

LA FORME :
Paume large et carrée + doigts longs

Qualités : ils s'entendent avec tout le monde ! Ce sont des communicants-nés, très à l'aise en société. Parfois leur amour de l'érudition est contagieux, et leur maîtrise de la communication en fait des orateurs hors pair. Ils mettent souvent leur capacité de réflexion approfondie au profit de causes planétaires.

Défauts : ils ont parfois un avis très tranché, qui peut leur donner une étiquette de Monsieur Je-sais-tout ou les rendre très critiques. Leur sens de l'humour peut frôler l'impolitesse quand ils lancent des sarcasmes acerbes ou des boutades agressives. Leur besoin de stimulation fait qu'ils s'ennuient vite et s'impatientent. Comme leur esprit favorise l'analyse au détriment des émotions, leurs actions peuvent donner l'impression de manquer d'empathie ou de découler d'un froid calcul.

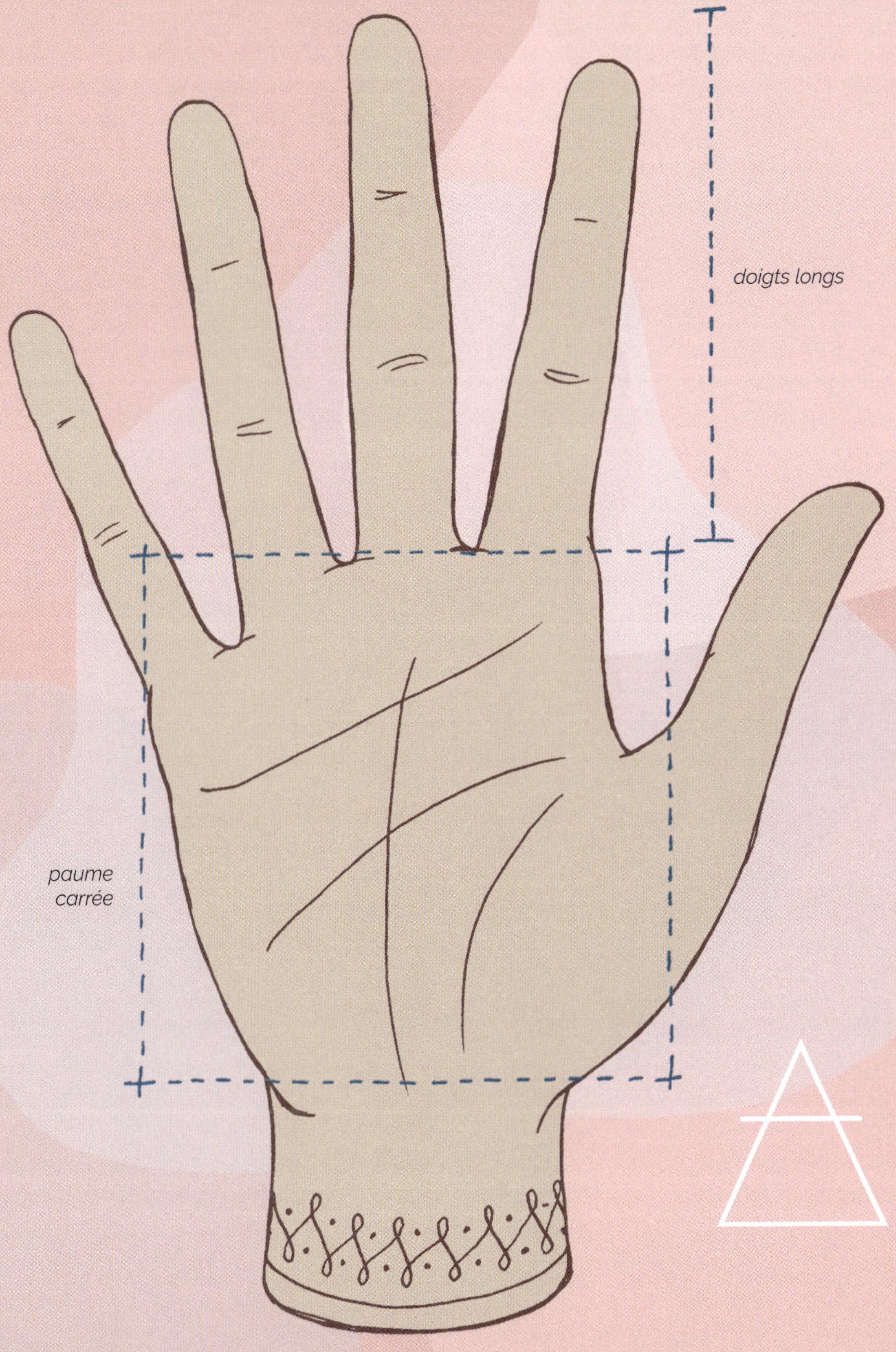
doigts longs
paume
carrée

MAIN DE TERRE

Ancré + Fiable + Réaliste

VUE D'ENSEMBLE

La forme carrée donne à la personne un bon sens pratique, et les doigts courts témoignent de qualités à l'opposé de l'intellectualisme des mains d'air. Ce sont des personnes qui agissent plutôt que de parler, et elles apprennent en pratiquant plutôt qu'en suivant des cours ou en lisant un livre. Ce sont des personnes réalistes, terre à terre, stables et bien ancrées. Cette physicalité prononcée se retrouve tant dans le corps que dans l'esprit. Ce qui ne veut pas dire qu'elles sont dépourvues de créativité, mais celle-ci s'exprime à travers leurs mains plus que par l'esprit. Ce sont des personnes plutôt traditionnelles, voire conservatrices. Sans surprise, ce sont des amoureux de la nature, qui s'épanouissent en plein air et à travers des activités manuelles.

LA FORME :
Paume large et carrée + doigts courts

Qualités : grâce à leur nature solide et terre à terre, ce sont des amis et des partenaires loyaux et fiables. La famille est un élément important pour eux et leur sens pratique les prédispose à la sécurité financière : ils sont heureux de subvenir aux besoins de leurs proches et sont très fiers de leur foyer. Leur honnêteté et leur capacité de travail en font aussi de bons employés.

Défauts : le fait d'être bien ancrés les pousse parfois à s'enferrer dans la routine, à préférer ce qui est familier au lieu d'essayer des choses différentes ou des lieux nouveaux. Un certain entêtement peut aussi leur être reproché. Leur réalisme tourne parfois au scepticisme, et il faut savoir qu'ils ont mauvais caractère quand on les oblige à quitter leur zone de confort.

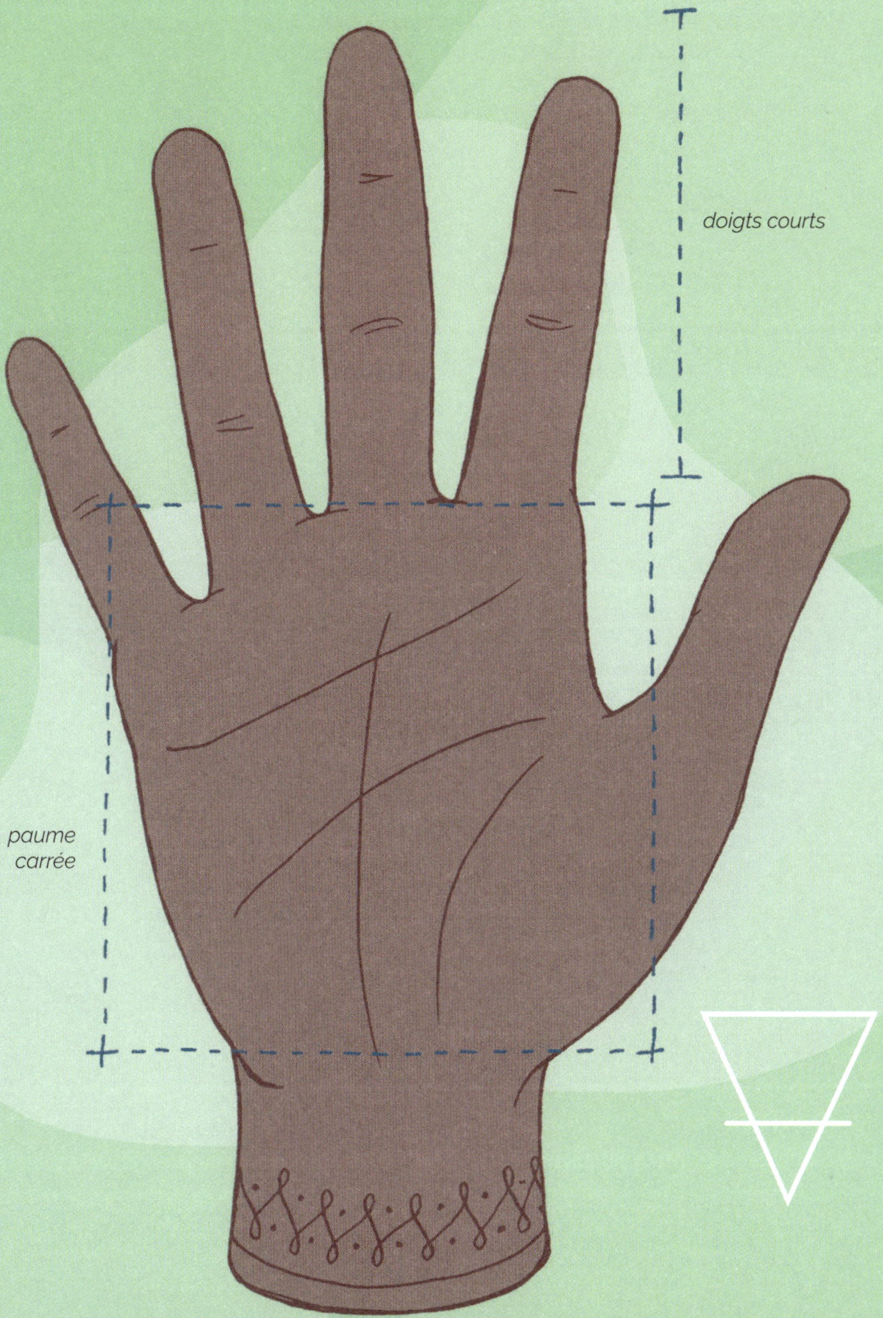
doigts courts
paume
carrée

MAIN DE FEU

Dynamique + Ouvert + Enthousiaste

VUE D'ENSEMBLE
Les personnes aux mains de feu brûlent d'énergie, elles sont toujours en mouvement, prennent l'initiative et motivent les autres grâce à leur enthousiasme. Ce sont aussi des êtres très intuitifs, prompts à agir par impulsion, sur une intuition. Très décidés, ils vont toujours de l'avant, soutenus par leur optimisme. Ce sont des gens dynamiques, extravertis, qui croquent la vie à pleines dents. Incapables de rester en place, ils sont à l'affût d'un nouveau projet ou de tout ce qui pourra les occuper. Impossible pour eux de supporter le statu quo, ils préfèrent tracer leur propre chemin, sans oublier de s'amuser ! Ce mode de vie à cent à l'heure peut aussi les mener au burn-out et à l'épuisement s'ils ne travaillent pas activement leur équilibre et leur capacité à ralentir de manière consciente.

LA FORME :
Paume étroite et rectangulaire + doigts courts

Qualités : ce sont des boute-en-train qui apportent excitation et amusement dans les groupes, ou prennent l'initiative pour aller s'amuser. Leur caractère extraverti et leur motivation sans faille en font des leaders-nés qui font avancer les choses. Ils sont charismatiques et leur enthousiasme est contagieux.

Défauts : leur nature dynamique a aussi des revers. Impulsivité, impatience et décisions hâtives sont leur lot commun, et ils ont du mal à comprendre ceux qui préfèrent bien réfléchir avant d'agir. Ils se concentrent sur le résultat, ce qui peut leur donner un esprit de compétition marqué. Ils sont un peu égocentriques, ravis d'être sous les feux de la rampe et pas toujours prêts à partager l'attention.

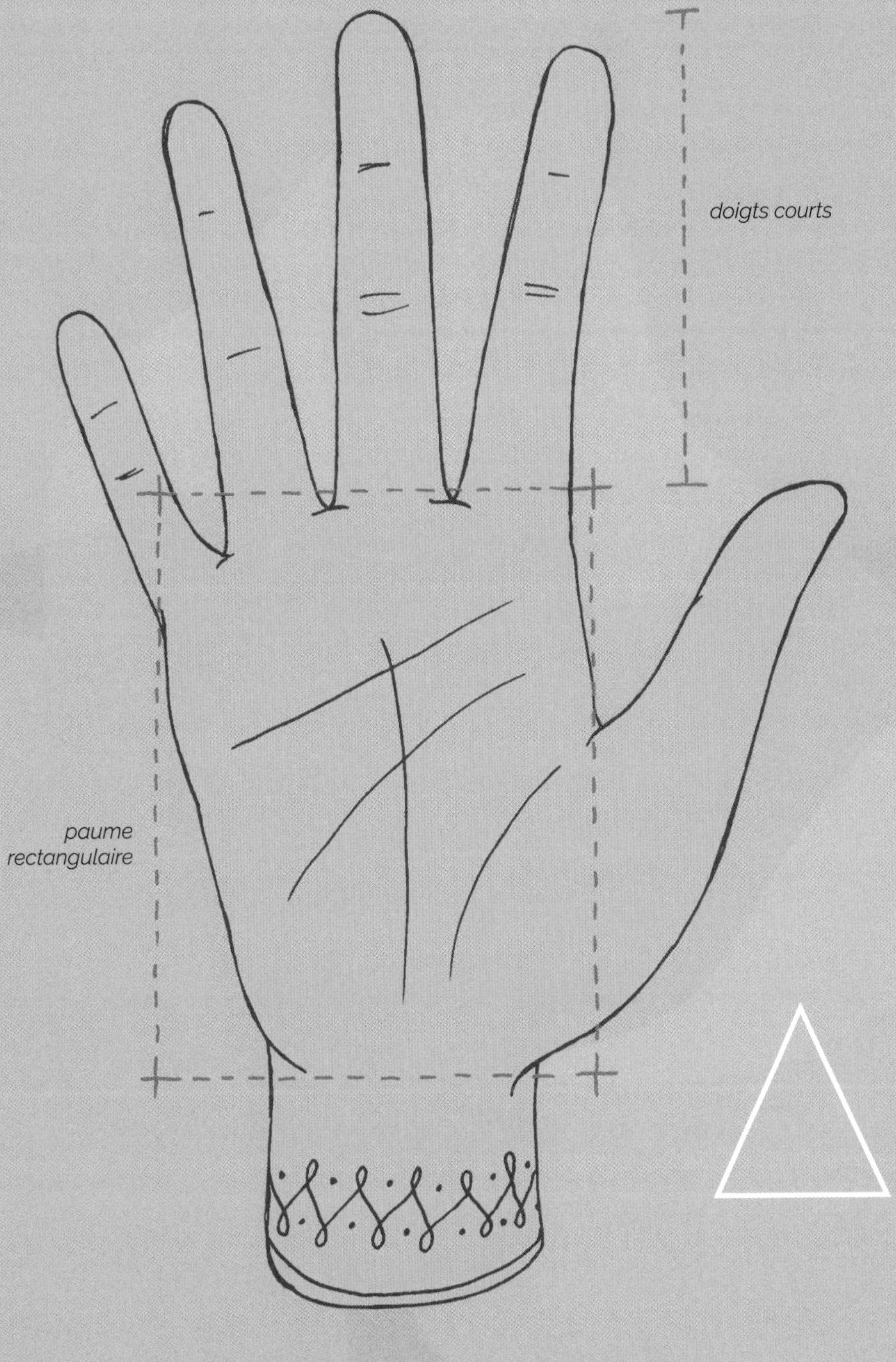
doigts courts
paume
rectangulaire

MAIN D'EAU

Créatif + Sensible + Rêveur

VUE D'ENSEMBLE

Ce sont les sentiments qui dirigent ces personnes. Les paumes rectangulaires sont associées aux fluctuations émotionnelles, et les mains d'eau y sont fortement sujettes. Les doigts longs sont associés à l'intellect et à l'introspection : ces personnes peuvent être très rêveuses, plutôt introverties, très souvent dotées d'une personnalité artistique, créative et imaginative. Elles font preuve d'un style parfois mélodramatique et se fient à leur intuition, la laissant les guider au lieu d'avoir recours à la logique. Leur côté spirituel est aussi très développé, en harmonie avec les énergies qui dépassent la réalité du quotidien. Ce sont des gens très sensibles, mais aussi, comme l'eau, très fluides, sachant s'adapter avec facilité à toutes sortes de situations.

LA FORME :
Paume étroite et rectangulaire + doigts longs

Qualités : grâce à leur profondeur émotionnelle, ce sont des personnes très soucieuses des autres et empathiques. Leur côté rêveur en fait des partenaires amoureux merveilleux et leur vulnérabilité peut favoriser une intimité encore plus intense. Leur sensibilité les prédispose à l'amitié, surtout quand quelqu'un est dans le besoin, car ils sont à l'écoute des émotions et pleins d'empathie, ce qui réveille aisément leur instinct protecteur.

Défauts : comme ils sont dirigés par leurs émotions, leurs réactions peuvent parfois sembler illogiques ou irrationnelles. Ils sont souvent jaloux, possessifs et faciles à blesser. Leurs sentiments peuvent aussi les submerger, et alors ils se laissent totalement guider par leur cœur, sans tenir compte d'aucune réflexion. Leur sensibilité ne les rend pas spécialement aptes à supporter le stress, et de petites choses ont tendance à créer chez eux une anxiété disproportionnée.

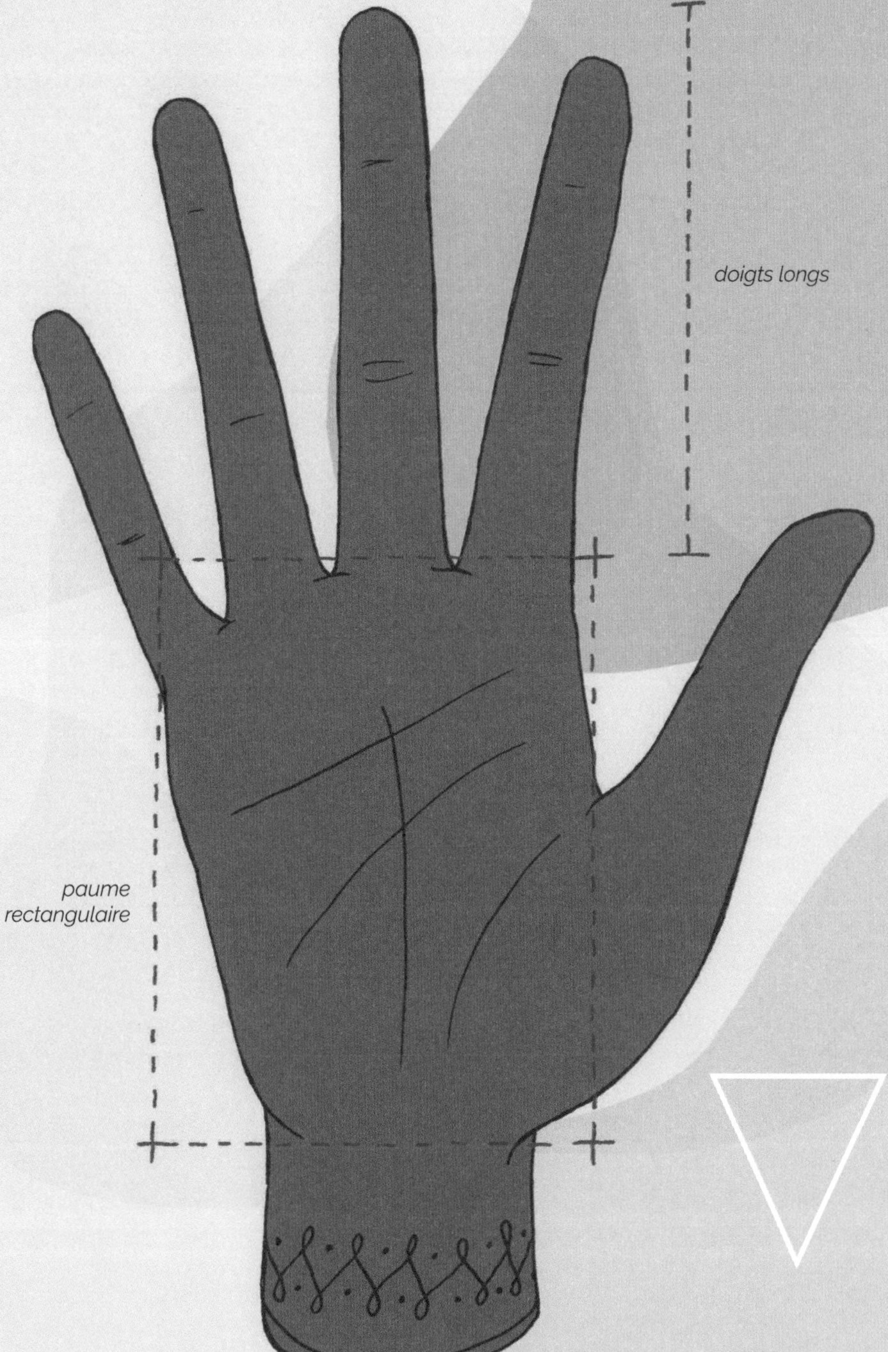
doigts longs
paume
rectangulaire

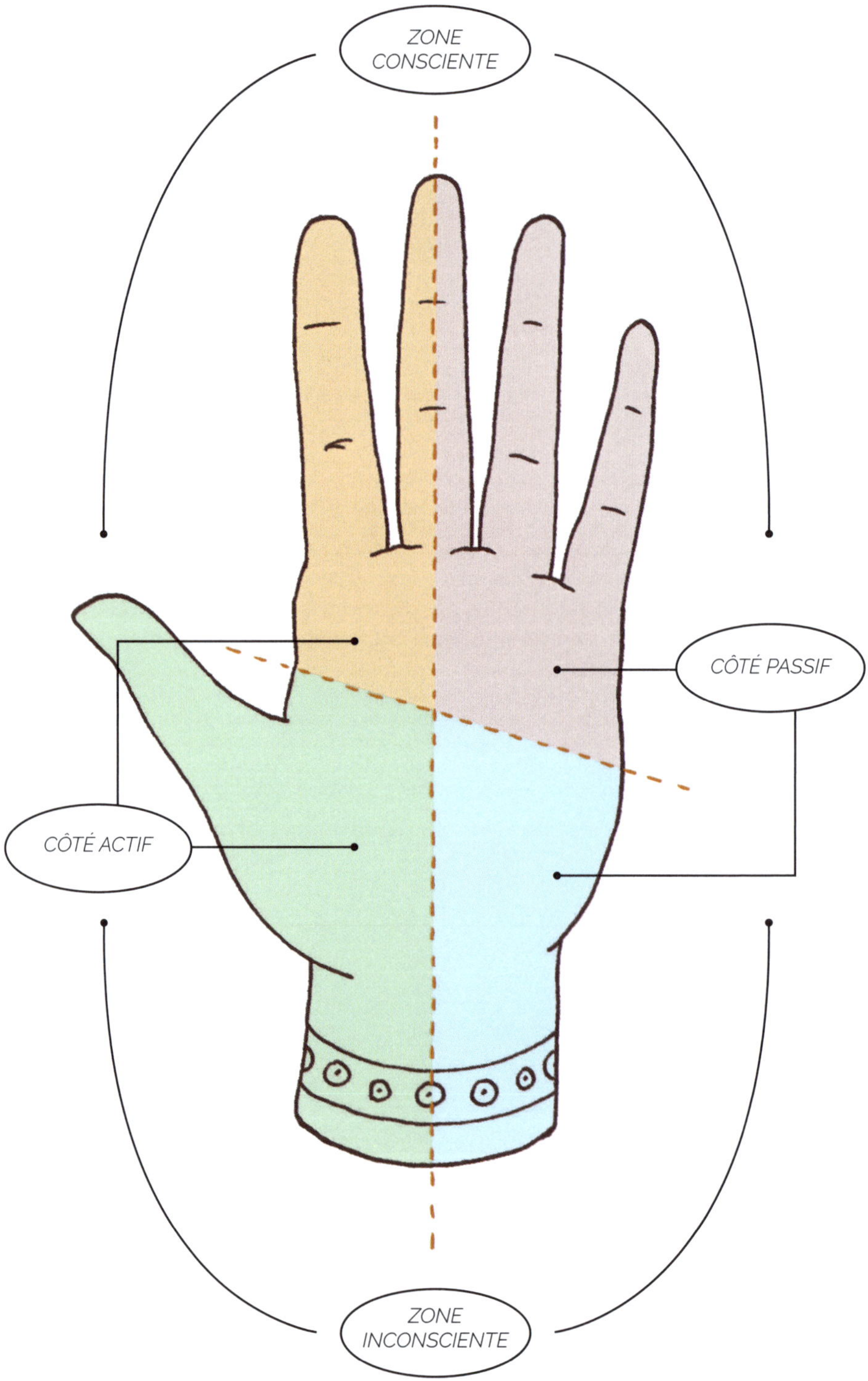
ZONE
CONSCIENTE
CÔTÉ PASSIF
CÔTÉ ACTIF
ZONE
INCONSCIENTE

LES ZONES DE LA PAUME

Voici une autre méthode pour examiner la paume de manière générale : l'analyser en termes de zones. Tout comme le thème principal de la main dominante ou passive aide à fournir un contexte aux lignes, les différentes zones de la paume peuvent éclairer les marques présentes sur l'empreinte.

UNE ORGANISATION EN QUATRE PARTIES

Beaucoup de chiromanciens considèrent que la paume est divisée en quatre parties : imaginez une ligne horizontale, partant entre le pouce et la base de l'index pour aller jusque sur le côté de la paume, à mi-chemin entre la base de l'auriculaire et le bas de la paume. Et une autre ligne, verticale, descendant le long du majeur, jusqu'en bas de la paume.

Ces deux lignes divisent la paume en quatre zones. La moitié supérieure est considérée comme la partie consciente, tandis que celle du bas représente l'inconscient. La moitié de la main comprenant le pouce est le côté actif, lié aux choses que l'on fait. La moitié comprenant l'auriculaire est le côté passif, associé aux processus intérieurs. Comme les formes de mains, ces quatre zones peuvent être associées aux quatre éléments.

INTÉGRER CES SIGNIFICATIONS

Parfois un quartier semble plus saillant que les autres, de manière visuelle ou énergétique. Mais, même si les différentes zones semblent équilibrées, vous pouvez utiliser ce découpage pour peaufiner votre lecture. Connaître ces parties vous aidera à avoir un aperçu général de la disposition des lignes, des monts et des marques qui s'y trouvent.

ZONE 1 : ACTIVITÉ EXTERNE

Objectifs + Ambition + Énergie

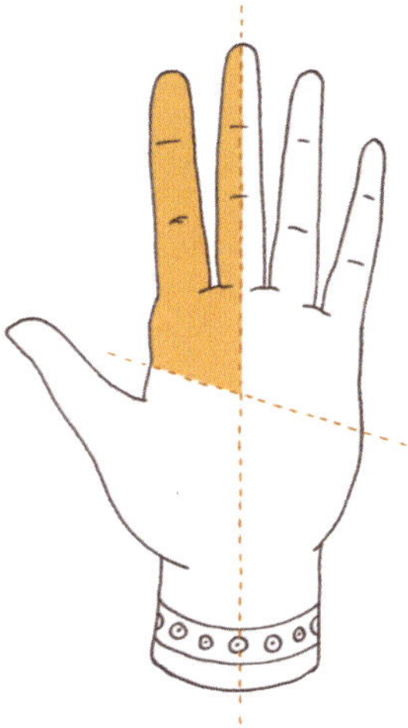

OÙ ?

Le quart supérieur du côté du pouce.

ÉLÉMENT

Feu

QUOI ?

Ce quartier est associé aux objectifs qu'une personne poursuit et à l'effort qu'elle fournit pour les atteindre. Il est en lien avec le sentiment de pouvoir, la manière dont cette personne évolue dans le monde et dont elle est perçue, ainsi que son parcours professionnel et les rôles sociaux qu'elle adopte, le type d'énergie qu'elle diffuse, sa détermination, son ambition et le rôle que ces éléments jouent dans sa vie.

ZONE 2 : ACTIVITÉ PHYSIQUE

Énergie + Aspect physique + Sexualité

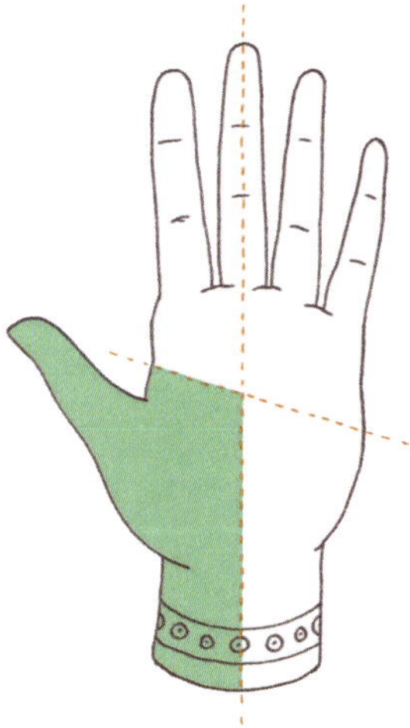

OÙ ?

Le quart inférieur du côté du pouce.

ÉLÉMENT

Terre

QUOI ?

Ce quartier est associé au corps physique : l'énergie, le besoin d'activité, la sexualité. Il se rapporte aussi à l'énergie dont dispose la personne, à la place qu'elle accorde au domaine physique dans sa vie et à la manière dont elle est en lien avec son corps. Cela peut aussi concerner des éléments liés à la survie : la vie du foyer, la procréation, les besoins primaires, la famille et les enfants.

ZONE 3 : EXPRESSION EXTERNE

Arts + Représentation + Communication

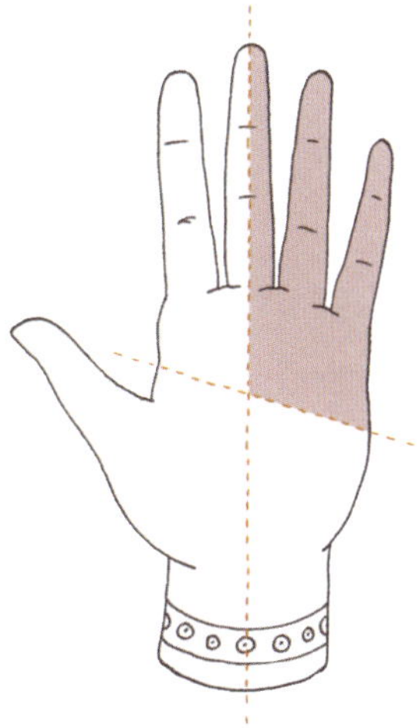

OÙ ?

Le quart supérieur du côté du petit doigt.

ÉLÉMENT

Air

QUOI ?

Cette zone est associée à la créativité, aux arts et à la manière dont une personne se comporte en société. Elle est en lien avec la communication, la quête de connaissance, le fait d'être à l'aise ou non face à un public, la place dans le monde, la manière de le comprendre et d'interagir avec les autres.

ZONE 4 : ÉMOTIONS INTERNES

Intuition + Spiritualité + Sentiments forts

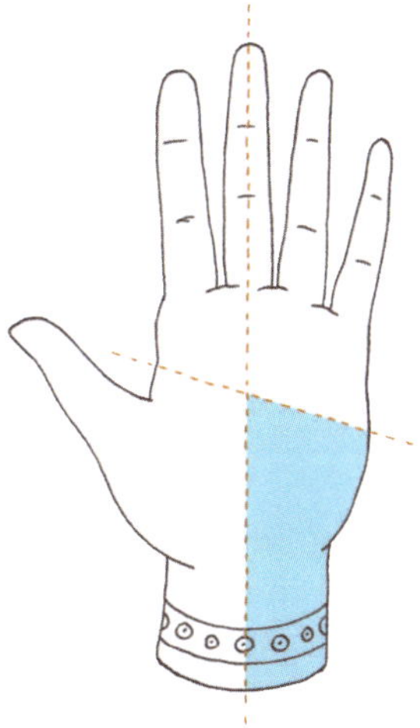

OÙ ?

Le quart inférieur du côté du petit doigt.

ÉLÉMENT

Eau

QUOI ?

Cette zone est associée au subconscient et aux émotions. Elle est en lien avec les intuitions, les émotions et les sentiments profondément ancrés, les expériences et émotions qui ont façonné la personne dans ses premières années. Elle révèle combien ces éléments comptent et jouent un rôle dans sa vie actuelle.

TAILLE, TEMPÉRATURE, TEXTURE

LA TAILLE DE LA MAIN

La taille de la main est un autre détail notable. Cependant il ne s'agit pas tant de la taille de la main en soi, mais en relation avec la stature de la personne concernée. Si quelqu'un a des mains de taille moyenne, cela passe inaperçu, mais si une personne de grande taille a de très petites mains ou, à l'inverse, quelqu'un de plutôt petit a de grosses paluches, cela saute aux yeux. Ces deux extrêmes sont signifiants, car ils donnent des éléments additionnels sur la personne dont vous analysez la main.

Petites mains : si quelqu'un a de petites mains par rapport à sa taille, cette personne est sans doute capable de prendre du recul pour examiner une situation en surplomb. C'est le genre de personne qui voit les choses dans leur ensemble, qualité qui la rend capable d'organiser des événements, de superviser des projets et de gérer une équipe. Bien qu'adepte de la réflexion, elle risque parfois de se laisser entraver par des détails.

Grandes mains : à l'inverse, une personne dotée de grandes mains par rapport à une petite taille sera probablement très douée pour s'occuper du côté pratique des choses, aura l'œil pour les détails et ne rechignera pas à se charger avec minutie des activités les plus assommantes. Par contre, prendre un peu de recul pour voir les choses dans leur ensemble peut totalement déstabiliser ce genre de personne.

LA COULEUR ET LA TEMPÉRATURE

La plupart des chiromanciens regardent aussi la teinte de la paume, qui doit être évaluée indépendamment de la couleur de peau. La couleur de la paume est souvent associée à la vigueur de la circulation sanguine, ce qui peut aussi influencer la température des mains.

Pâle : ceux qui ont les paumes pâles sont réputés être calmes et doux, parfois introvertis. Ils ont souvent peu d'énergie physique, mais un esprit très actif.

Teinte moyenne : ceux qui ont les paumes de teinte moyenne sont censés être équilibrés et chaleureux. Ce sont des personnes faciles à vivre, heureuses et de nature optimiste.

Foncée : ceux qui ont les paumes très colorées sont considérés comme impétueux et de tempérament explosif. Ils sont souvent enthousiastes et énergiques, avides d'émotions fortes et vivant à fond les choses.

LA TEXTURE

Ce ne sont pas uniquement la forme et les marques de la main auxquelles il faut prêter attention, car la texture peut aussi révéler bien des secrets. Parcourez la paume du bout des doigts pour déterminer son degré de rugosité (ne prenez pas en compte les callosités, qui signalent un travail manuel ou sportif, c'est la zone au milieu de la paume qui pourra vous donner la vraie nature de la peau). La sensibilité de la paume reflète aussi la sensibilité de la personne, indiquant la manière dont elle est liée à ce qui l'entoure, et affectée par le monde.

SOYEUSE

Au toucher : il s'agit d'une peau très fine et douce, dont vous pouvez avoir du mal à bien discerner les lignes et les empreintes. Elle est d'aspect délicat et lisse, avec de nombreuses lignes très fines, ne présentant pas de sillons plus profonds ou marqués.
Signification : les personnes qui ont ce type de mains ont la sensibilité la plus développée, sur le plan physique et énergétique. Elles ont tendance à éviter le conflit, sont de nature douce, calme et observatrice.

PARCHEMINÉE

Au toucher : ce type de peau n'est pas grossier du tout, mais pas doux non plus. Elle peut sembler sèche et vous pourrez bien sentir les sillons.
Signification : les personnes qui ont une peau qui ressemble à du papier sont sensibles, mais cela ne les entrave pas. Elles ont davantage recours à leur agilité mentale qu'à leur vigueur physique.

GRANULEUSE

Au toucher : sur cette peau, vous voyez nettement les lignes et les marques, et vous sentirez les stries de la main sous vos doigts. Les lignes de la paume seront profondes et bien nettes.
Signification : les personnes qui ont ce type de mains préfèrent l'action à la réflexion, elles sont énergiques, très actives, motivées et terre à terre.

RÊCHE

Au toucher : a peau rêche est très rugueuse et vous la repérerez tout de suite au toucher, car elle ressemble à du papier de verre. Les lignes de la paume seront sans doute profondes et bien marquées.
Signification : la sensibilité émotionnelle ne sera pas le fort de ces personnes, qui préfèrent passer du temps dehors, à faire des choses de leurs mains. Dotées d'une résistance et d'une endurance impressionnantes, elles sont du genre à se passer de manteau même au cœur de l'hiver.

LES MONTS

Une fois que vous aurez identifié le type de main qu'a la personne, ainsi que sa texture et sa couleur, vous pourrez commencer à étudier la topographie de la paume. Si vous considérez la paume comme une carte, les monts – les parties charnues de la main – sont les collines, les montagnes et les vallées du paysage.

LES MONTS ET L'ASTROLOGIE

Il existe sept monts principaux sur la main, et chacun correspond à l'une des planètes utilisées en astrologie : Jupiter, Saturne, Apollon (le soleil), Vénus, la Lune, Mercure et Mars. Dans la chiromancie moderne, des zones spécifiques de certains monts ont été identifiées et nommées : Neptune et Pluton.

CE QU'IL FAUT REMARQUER

Les monts peuvent être charnus, bombés, un peu en relief. Ils signalent directement l'importance des attributs qui leur sont associés, ou témoignent d'une relation bien équilibrée. Si un mont est surdéveloppé, cela peut indiquer que les caractéristiques sont extrêmes. S'il est enfoncé, les attributs associés sont intégrés de manière plus interne, ou alors ces qualités font défaut à la personne, sont mal développées ou inutilisées. Si un mont est plat, cela indique la neutralité, son influence est nulle et les traits de caractère associés ne jouent pas de rôle dans la vie de la personne.

Commencez par observer si un mont est plus saillant ou plus développé que les autres. Un mont est plus élevé ou plus ferme que les autres ? C'est souvent l'indication d'un trait dominant.

LE MONT DE JUPITER

Ambition + Confiance + Spiritualité

OÙ ?

Le mont de Jupiter se trouve à la base de l'index.

SIGNIFICATION

Ce mont est associé au succès et à l'ambition. Il peut refléter la manière dont une personne se comporte, comment elle interagit avec les autres, et parle aussi de l'estime de soi et de la spiritualité.

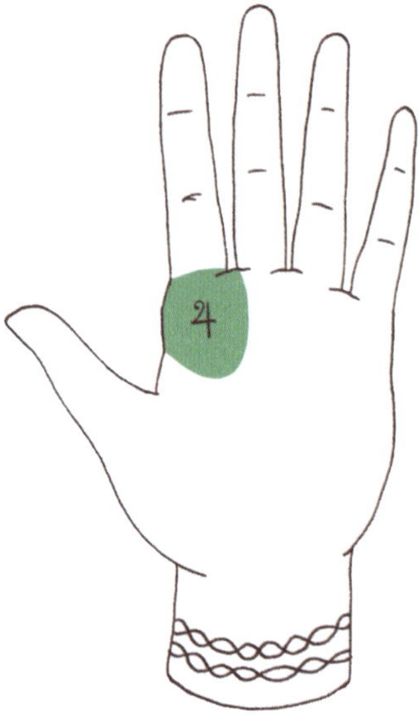

Surdéveloppé : un mont de Jupiter très élevé signifie que la personne possède un ego surdimensionné. Elle peut être obsédée par le contrôle ou autoritaire. Cela peut indiquer une tendance à l'égoïsme : ce genre de personne est prête à tout pour parvenir à ses fins, sans se soucier de ceux qui l'entourent.

Proéminent : quand le mont est de taille moyenne, la personne a une image d'elle-même équilibrée, une saine motivation et une disposition naturelle pour le leadership. C'est quelqu'un de juste et qui apprécie cette qualité chez les autres.

Enfoncé : si le mont de Jupiter est enfoncé, la personne manque sans doute de confiance en elle et cherche l'approbation des autres et leurs avis, en se laissant facilement influencer. Elle risque de manquer aussi de motivation ou de direction dans sa vie.

LE MONT DE SATURNE

Équilibre + Responsabilité + Stabilité

OÙ ?

Le mont de Saturne est situé à la base du majeur, au-dessus de la ligne de cœur.

SIGNIFICATION

Le mont de Saturne reflète l'intégrité de la personne. Il indique aussi de quelle manière elle prend la vie, comment sa disposition reflète les hauts et les bas de l'existence, et il est associé au sens des responsabilités. Même si on le nomme « mont » de Saturne, il est rare de trouver une véritable bosse : le plus souvent, cet endroit est neutre, ou forme une vallée.

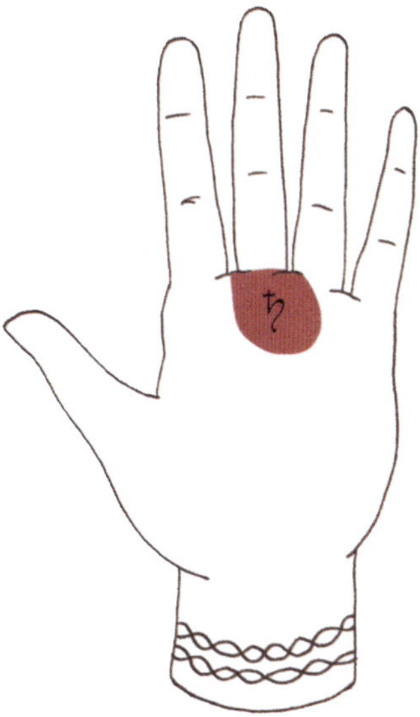

Surdéveloppé : un mont de Saturne surdéveloppé indique une vision cynique de la vie. Cette personne a tendance à se montrer pessimiste et particulièrement sensible à ce qu'elle considère comme les injustices de la vie. Ce genre de personne aspire l'énergie des autres à force de diffuser de la négativité.

Plat : un mont de Saturne neutre indique une vision de la vie équilibrée ; la vraie joie découle de la nécessité d'affronter aussi les difficultés de la vie. Ces personnes sont de nature constructive, avec une tendance à l'optimisme.

Enfoncé : un mont de Saturne creux est associé à une humeur capricieuse et à une propension à avoir le cafard, un peu comme dans le cas d'un mont surdéveloppé, mais en plus intériorisé. Ce genre de personne peut aussi manquer de sens des responsabilités.

LE MONT D'APOLLON

Créativité + Joie + Vitalité

OÙ ?

Le mont d'Apollon est situé sous l'annulaire.

SIGNIFICATION

Le mont d'Apollon, aussi connu comme le mont du soleil, est associé aux arts et à tous les domaines créatifs. C'est la région de la joie, du carpe diem, du plaisir que l'on retire de tout ce que la vie a de bon à offrir. Comme le mont de Saturne, il se rencontre plus souvent plat ou enfoncé que très développé.

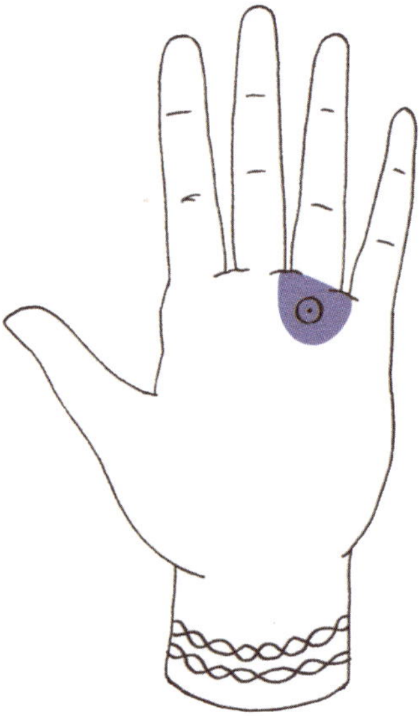

Surdéveloppé : quand un mont d'Apollon est saillant, il peut indiquer un grand talent et la célébrité, mais peut aussi se traduire par une tendance à la vantardise et un côté tape-à-l'œil. Ces personnes sont charismatiques et se lancent souvent dans des projets créatifs.

Plat : un mont d'Apollon plat ou très légèrement renflé indique que la personne sait prendre du bon temps ; elle est enjouée, charismatique, naturellement sociable et apprécie profondément les arts, qu'elle ait ou non un talent propre.

Enfoncé : si le mont d'Apollon est en creux, cette personne peut avoir du mal à apprécier la vie. En société, elle a tendance à se montrer maladroite ou oppressante. Ce genre de personne peut quand même avoir un côté créatif, mais qu'elle ne partage pas avec le reste du monde.

LE MONT DE MERCURE

Communication + Intellect + Connaissance

OÙ ?

Le mont de Mercure est situé à la base de l'auriculaire.

SIGNIFICATION

Le mont de Mercure est associé aux compétences de communication et de commerce. Il est aussi lié à l'intelligence et à la relation que la personne entretient avec les connaissances (les rechercher, les comprendre, les utiliser, les apprécier). La richesse et les voyages se rapportent aussi à cette zone.

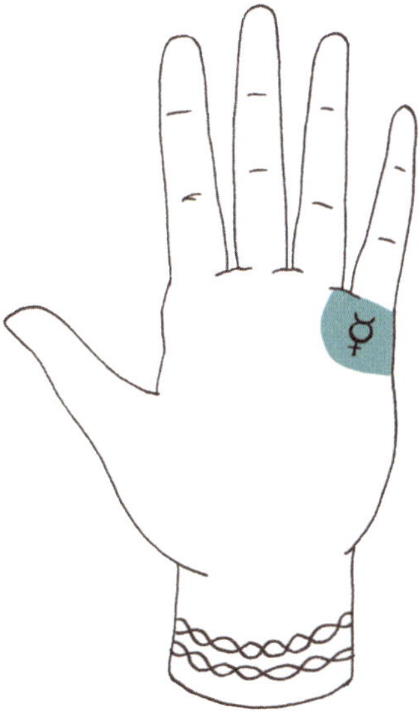

Surdéveloppé : un mont de Mercure surdéveloppé signifie que cette personne peut utiliser son esprit vif et ses talents de communication dans des buts peu louables. Elle dissimule peut-être une partie de la vérité, y compris à elle-même.

Proéminent : un mont de Mercure de taille moyenne indique un communicant intelligent et réfléchi. Il met probablement ses compétences au profit d'une entreprise, fort de sa facilité à se faire un réseau, à négocier et à entretenir des relations fructueuses. Ce genre de personne est assoiffée de connaissances et a un large éventail d'intérêts.

Enfoncé : si le mont de Mercure est plat ou enfoncé, la personne est sans doute timide, a du mal à exprimer ses pensées et ses idées, ou à les expliquer. Elle peut aussi préférer garder ses opinions pour elle, choisissant de ne les partager que quand elle s'y sent obligée.

LE MONT DE VÉNUS

Amour + Passion + Sexualité

OÙ ?
Le mont de Vénus se situe sur la base charnue du pouce.
SIGNIFICATION
Le mont de Vénus est le plus grand de la paume, et il est associé à tout ce qui touche au sexe et à l'amour : la sentimentalité, l'attirance, la sensualité, la libido... Il correspond aussi à la famille et à l'amitié, au sentiment général de bien-être et à l'état du cercle social. Il est lié à la capacité à être chaleureux et à avoir du magnétisme.

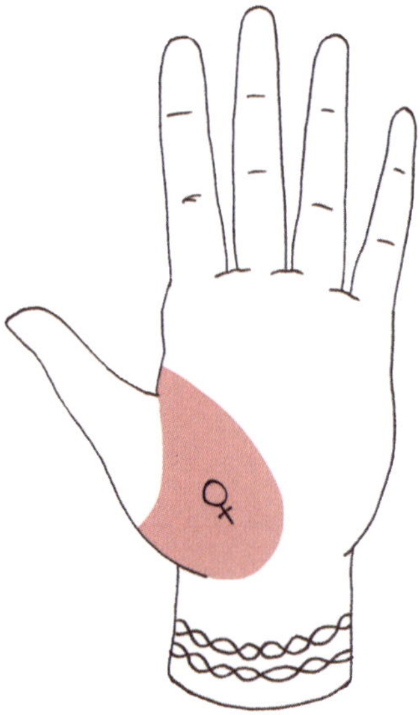

Surdéveloppé : un mont de Vénus très élevé peut indiquer que les caractéristiques associées sont poussées à l'extrême. La personne peut avoir un grand appétit sexuel, une avidité dévorante pour la vie. Cela peut aussi indiquer une tendance à se laisser attirer par d'autres aspects agréables de l'existence.

Enfoncé : si le mont de Vénus est plat ou creux, cela peut signaler une nature froide ; la personne est fermée aux autres et difficile d'accès. Elle peut avoir du mal à accepter les compromis dans les relations, ne parvenant pas à voir les choses autrement que de son point de vue. Elle peut aussi avoir du mal à rencontrer des gens, à se faire des amis.

LE MONT DE LA LUNE

Empathie + Intuition + Imagination

OÙ ?
Le mont de la Lune est situé en bas de la paume, sur le côté de l'auriculaire.
SIGNIFICATION
Le mont de la Lune est associé aux domaines gouvernés par la Lune : l'intuition, l'inconscient, la capacité et le désir de faire fonctionner son imaginaire. Il est lié aux émotions et à la faculté d'être à l'écoute de son cœur.

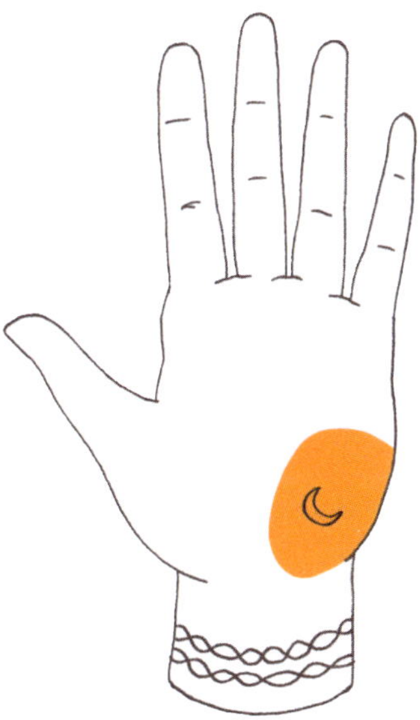

Surdéveloppé : un mont de la Lune très élevé peut indiquer une imagination trop active. La personne peut avoir de la difficulté à rester dans la réalité, préférant se réfugier dans des mondes imaginaires. Ce genre de personne a souvent du mal à se concentrer, ses pensées sont éparpillées.

Proéminent : un mont de la Lune de taille moyenne signale quelqu'un qui vit dans l'amour et l'harmonie, avec une bonne intuition, et qui sait prendre soin des autres. Ce genre de personne a une imagination bien développée qui alimente un mode de vie créatif ou artistique. Sensible aux diverses énergies de la vie, cette personne suit le mouvement général, car elle sait comment se diriger.

Plat : si le mont de la Lune est plat ou peu développé, la personne vit une existence régie par le sens pratique, au détriment de l'imaginaire. Elle risque d'être coupée de son intuition, préférant prendre des décisions basées sur ce qu'elle pense être la réalité au lieu de faire appel à sa sagesse intérieure.

LE MONT DE PLUTON

Intuition + Domaine mystique + Émotions

OÙ ?
Le mont de Pluton est situé tout en bas du mont de la Lune, juste au-dessus du poignet, du côté de l'auriculaire.
SIGNIFICATION
En chiromancie classique, cette zone est souvent incluse dans le mont de la Lune, mais les interprétations modernes traitent cet endroit à part. Il est lié à l'intuition et aux choses ésotériques.

Proéminent : un mont de Pluton bien développé indique un intérêt profond pour ce qui est mystique, magique et surnaturel. La personne peut avoir une prédilection naturelle pour comprendre les idées complexes en rapport avec le domaine de l'invisible.

Plat : un mont de Pluton plat peut être associé à un esprit ouvert à ce qui se trouve en dehors de ce qui est communément accepté comme la réalité, mais cette personne peut ne pas aller plus loin qu'une brève initiation.

Enfoncé : un mont enfoncé ou en creux indique un certain scepticisme et une résistance aux théories ou idées qui ne sont pas ancrées dans la logique.

LE MONT DE NEPTUNE

Interconnexion + Perspicacité + Intégration

OÙ ?

Le mont de Neptune est situé à la base de la paume, entre les monts de Vénus et de la Lune.

SIGNIFICATION

En raison de sa position sur la paume, le mont de Neptune est associé à la rencontre de l'inconscient et de la conscience. En chiromancie classique, il est inclus dans le mont de la Lune, mais les interprétations modernes lui donnent une signification distincte.

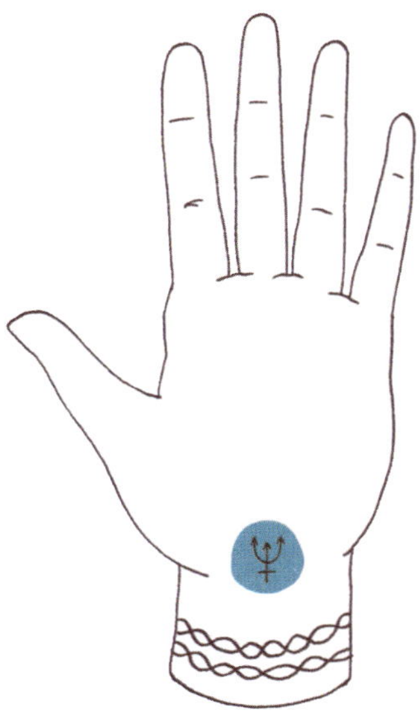

Proéminent : un mont de Neptune bien développé indique une personne qui peut facilement avoir recours au monde de l'invisible et intégrer toutes les énergies vitales, avec une bonne compréhension de la circulation entre le domaine du conscient et de l'inconscient. Cette personne est également sociable et créative.

Plat : un mont de Neptune plat représente la norme et dénote une compréhension moyenne des interactions entre les mondes du visible et de l'invisible. Cette personne n'est peut-être pas totalement consciente du fait que tout est lié dans le monde, mais elle n'est pas fermée à cette idée non plus.

Enfoncé : un mont de Neptune creux est rare, mais il peut indiquer un manque de créativité ou une prédisposition à la dépression, ainsi qu'un blocage entre l'esprit conscient et l'inconscient. Son chevauchement avec le mont de Vénus peut aussi être associé avec une faible libido.

LES MONTS DE MARS

Force physique + Force intérieure + Tempérament

Nommés ainsi en référence au dieu romain de la Guerre, ils sont composés de trois zones différentes qui couvrent une partie de la paume : le mont inférieur, la plaine et le mont supérieur.

LE MONT DE MARS INFÉRIEUR : force physique

OÙ ?
Il se situe sous le mont de Jupiter, juste au-dessus du pouce.
Malgré son nom, il est en fait situé plus haut sur la main que le mont supérieur.
SIGNIFICATION
Mars inférieur, aussi connu sous le nom de Mars intérieur, est associé à la force physique et à la détermination.

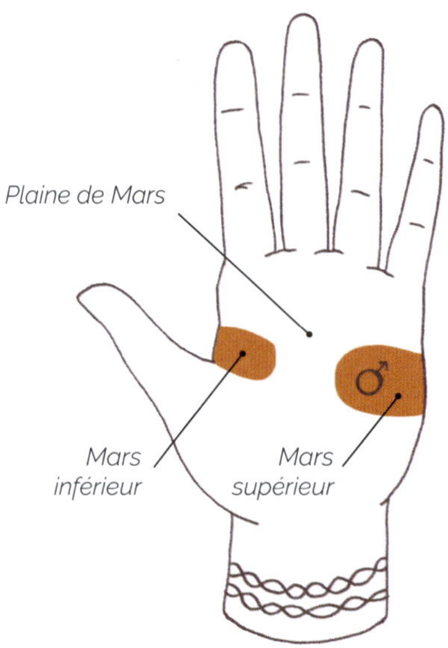

Surdéveloppé : un mont de Mars inférieur surdéveloppé indique une personne ayant une grande force physique et du courage. On peut compter sur elle pour abattre de la besogne, surtout un travail manuel. Si cette zone est vraiment saillante, cette force peut être utilisée de manière agressive : la personne recherche et apprécie le conflit.

Proéminent : un mont de Mars inférieur moyennement développé indique que la personne a beaucoup d'énergie et de bonnes capacités physiques. Elle est motivée et tire profit de l'activité physique, qu'il s'agisse d'un sport ou de marches quotidiennes.

Enfoncé : une personne ayant un mont de Mars inférieur sous-développé se sent généralement mal à l'aise dans son corps. Les conflits physiques lui répugnent et elle dispose de peu d'énergie.

LE MONT DE MARS SUPÉRIEUR : force intérieure

OÙ ?
Il se situe sur le côté de la paume, à l'opposé du mont supérieur, entre le sommet du mont de la Lune et la base du mont de Mercure.
SIGNIFICATION
Mars supérieur, aussi appelé Mars extérieur, est associé au courage émotionnel et à la ténacité mentale.

Surdéveloppé : un mont supérieur surdéveloppé indique une personne très intègre, voire bien-pensante, et qui aime les joutes idéologiques.

Proéminent : un mont supérieur assez développé dénote un fort sens moral et un esprit déterminé.

Enfoncé : les personnes avec un mont supérieur sous-développé peuvent ressentir un stress excessif quand, soumises à des pressions, elles sont incapables de surmonter leur anxiété et les situations difficiles.

LA PLAINE DE MARS : intégration

OÙ ?
La plaine de Mars est située au centre de la paume, entre le mont de Mars inférieur et le mont de Mars supérieur.
SIGNIFICATION
La plaine de Mars ne signifie pas grand-chose en elle-même, mais, comme elle est au centre de la paume, ce sont les marques qui s'y trouvent et les lignes qui la traversent qui lui donnent du sens. Elle peut représenter l'équilibre entre les caractéristiques liées aux monts de Mars inférieur et supérieur, ce qui donne une idée du tempérament de la personne. Sa localisation centrale, en contact avec tous les monts, permet d'appréhender leur intégration dans les différents domaines de la vie d'une personne, ce qu'il est difficile de déterminer de prime abord.

Surdéveloppée : si la plaine de Mars vous semble particulièrement charnue ou dure, la personne s'emporte sans doute facilement. Elle est facile à provoquer, mais peut se calmer tout aussi vite.

Sous-développée : si la plaine semble enfoncée ou creuse, cette personne doit être sujette à la dépression, et souffre d'un manque d'enthousiasme généralisé.

CHAPITRE 2 : LES DOIGTS

En chiromancie, les doigts peuvent s'avérer tout aussi révélateurs que la paume. Ils fournissent une mine d'informations et d'éclairages sur la personne. Différents éléments sont à observer et à évaluer.

EXTRÉMITÉ DES DOIGTS ET ONGLES

La forme de l'extrémité des doigts chez une personne peut aider à définir son caractère. Déterminer s'ils sont en spatule, carrés, arrondis ou pointus vous permettra de savoir si elle est idéaliste ou réaliste, calme ou énergique. Les ongles aussi donnent des renseignements.

DOIGTS

Commencez par comprendre la signification de chaque doigt. L'index dirige l'image de soi ; le majeur, les valeurs ; l'annulaire indique la manière de se présenter aux autres ; l'auriculaire est associé à la manière de s'exprimer.

EMPREINTES DIGITALES

Elles sont particulièrement intéressantes, car elles ne changent pas avec le temps. Chaque type d'empreinte est associé à certaines caractéristiques, et peut avoir des significations encore plus spécifiques si l'on prend aussi en compte sur quel(s) doigt(s) apparaît l'empreinte.

PHALANGES ET FLEXIBILITÉ

On peut découvrir des traits de personnalité grâce non seulement à la taille des doigts, mais aussi à la longueur de chaque phalange.

L'EXTRÉMITÉ DES DOIGTS

Pour étudier les doigts, prêtez attention à la forme du bout des doigts, que l'on range en quatre grandes catégories.

EN SPATULE

Énergique + Innovant

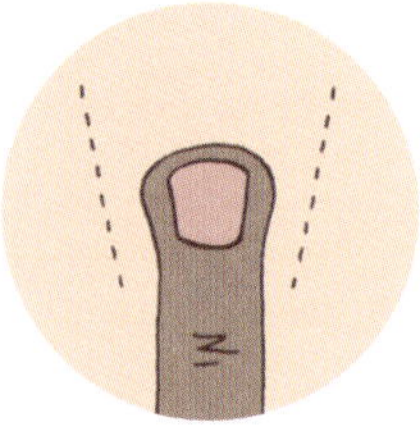

ASPECT

Le doigt s'élargit au bout, créant une grande surface au bout du doigt.

SIGNIFICATION

Les personnes ayant le bout des doigts en spatule sont souvent des esprits originaux qui aiment se frayer leur propre chemin et suivre leur curiosité. Ce sont des individus ayant beaucoup d'énergie, toujours prêts à passer à l'action, très axés sur la réalisation de leurs objectifs et motivés pour atteindre leur objectif suivant de manière pragmatique.

Ils travaillent souvent dans des domaines créatifs ou en tant qu'entrepreneurs, en exerçant leur penchant pour l'innovation. Ces personnes adorent voyager, expérimenter d'autres cultures et modes de vie. Elles apprécient leur liberté et refusent de se « ranger ».

CARRÉ

Pratique + Ancré

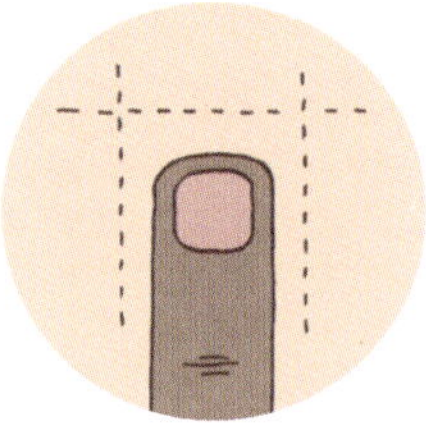

ASPECT

Le bout du doigt est large, présentant presque des angles droits aux coins, ce qui forme un carré.

SIGNIFICATION

Ce sont des personnes organisées, méthodiques et travailleuses : tout sauf frivoles. Très à cheval sur les principes, elles aiment que les choses soient en ordre et « comme il faut ».

Ces personnes ont tendance à voir les choses de manière très tranchée et travaillent dans des domaines où le souci des détails est important. Ce sont des individus polis, fiables et terre à terre. Ils sont aussi incroyablement justes et dotés d'un grand sens pratique et logique. Ils sont plutôt traditionnels et aiment subvenir aux besoins de leur famille, s'occuper de leur foyer et élever leurs enfants.

ROND

Créatif + Paisible

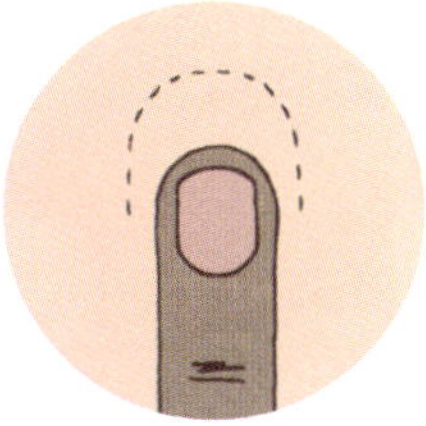

ASPECT
Le doigt présente une extrémité nettement arrondie.
SIGNIFICATION
Les personnes aux doigts arrondis ont une vision positive du monde et sont de bonne composition, mais peuvent avoir du mal à poser des limites, car elles n'aiment pas dire « non » et évitent à tout prix de créer des conflits. Elles ont tendance à laisser le bénéfice du doute aux autres et se montrent très confiantes, voire crédules. Elles sont attirées par la beauté et s'efforcent de s'entourer de belles choses. Ce sont aussi des gens qui cherchent à rétablir le calme et la paix autour d'eux, à trouver l'harmonie dans leurs relations et dans ce qui les entoure. Ils travaillent souvent dans des secteurs créatifs et sont des romantiques dans l'âme.

ASPECT

Rêveur + Idéaliste

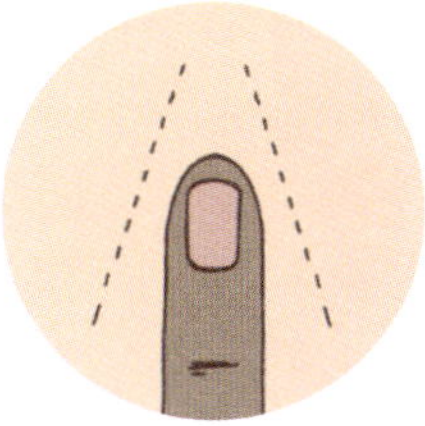

ASPECT
Le doigt est nettement arrondi et plus étroit au bout.
SIGNIFICATION
Ce sont des personnes idéalistes, rêvant de ce à quoi le monde pourrait ressembler. Elles sont sensibles, artistes, avec un sens inné de la mode. Elles cherchent toujours ce qui est positif et ont du mal à se confronter au « monde réel », car elles peinent à surmonter les tracas du quotidien et les difficultés de la vie. Ce sont des rêveuses, qui préfèrent poursuivre un rêve au lieu d'œuvrer concrètement pour atteindre un objectif, ce qui peut être un handicap dans leurs relations. Elles apprécient le frisson de la séduction, le romantisme des premiers émois. Elles inspirent aussi les autres et les pousse à adopter des perspectives plus exigeantes.

LES ONGLES

Il faut aussi prêter attention aux ongles, car ils donnent des indications sur la santé selon qu'ils sont forts ou cassants, ainsi que sur le niveau de stress : beaucoup de gens ont l'habitude de se ronger les ongles en cas d'anxiété. Quand vous prêtez attention aux ongles, examinez la forme du lit unguéal, quels que soient leur longueur ou leur état. Il y a quatre grandes catégories de formes d'ongles : courts, longs, étroits et larges.

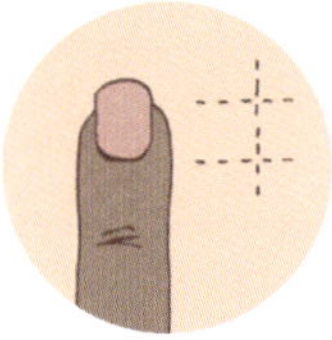

Courts : les personnes aux ongles courts ont souvent plus d'énergie, des opinions tranchées et peuvent se montrer très critiques. Elles ont l'esprit vif et la tête sur les épaules. Elles peuvent aussi s'énerver facilement et ont tendance à se montrer sceptiques.

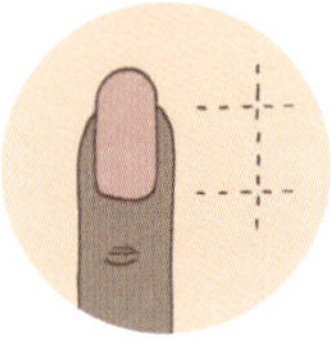

Longs : les personnes aux ongles longs sont plus paisibles, elles apprécient les activités qui les stimulent mentalement, et leur présence est apaisante. Elles sont plus tolérantes, moins critiques et suivent le mouvement au lieu d'essayer de prendre le contrôle. Elles peuvent avoir moins de force physique que celles aux ongles courts, et sont plus idéalistes. Parfois elles manquent de motivation.

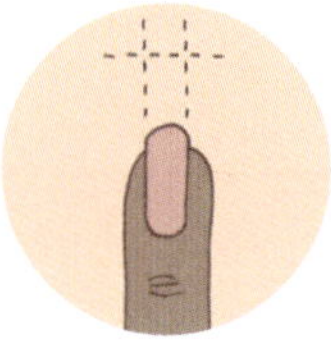

Étroits : les personnes aux ongles étroits sont souvent à fleur de peau, et la perspective de la nouveauté les rend très hésitantes. Leurs centres d'intérêt sont souvent limités, car elles préfèrent explorer une poignée de sujets à fond plutôt qu'essayer un large éventail d'activité ou d'occupations.

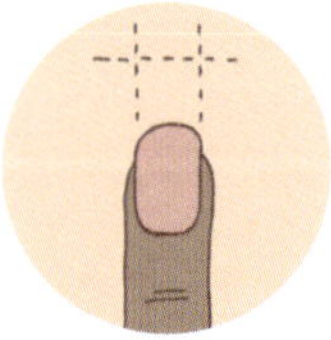

Larges : les personnes aux ongles larges sont pleines d'énergie, souvent dotées d'une grande force physique et pleines d'entrain. Elles sont motivées et optimistes, bien que parfois têtues et autoritaires. Elles ont souvent de nombreux centres d'intérêt.

LES LUNULES

La lunule d'un ongle est la partie plus claire, en forme de lune, qui se trouve à la base de l'ongle. Contrairement au lit unguéal, les lunules peuvent évoluer au cours de la vie, apparaissant et disparaissant au fil du temps. Il convient aussi d'en tirer des enseignements, souvent en lien avec les systèmes cardiovasculaires et circulatoires. Les lunules varient beaucoup d'une personne à l'autre, mais le pouce présente presque toujours une lunule, même si les autres doigts n'en ont pas.

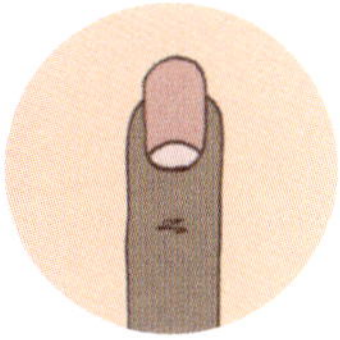

Lunules typiques : il s'agit d'une petite partie arrondie et plus claire, ce qui peut indiquer une bonne circulation sanguine. Ces personnes sont souvent décontractées et agréables.

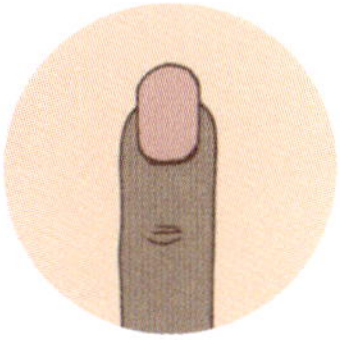

Absence de lunule : Iil n'est pas rare d'avoir plusieurs doigts sur lesquels la lunule n'est pas visible, mais cela peut indiquer une mauvaise circulation ou de l'anémie. Ces personnes sont aussi plus souvent sujettes à la dépression. Si possible, elles devraient pratiquer davantage d'activités physiques.

Grandes lunules : les personnes qui ont de grandes lunules ont souvent beaucoup d'énergie, mais sont aussi très stressées, elles réagissent au quart de tour et sont incapables d'encaisser les coups. Elles ont une personnalité intense et se livrent à des entraînements intenses. Calmer le jeu, et se détendre un peu, ne pourrait que leur être bénéfique.

LE POUCE

Volonté + Logique

Dans l'histoire de l'évolution, nos pouces opposables sont ce qui nous a distingués des autres mammifères, et, en tant que tel, le pouce occupe la première place dans la chiromancie aussi.

Angles : remarquez l'angle du pouce par rapport aux autres doigts quand la main est détendue. L'angle habituel est compris entre 45 et 90°. Un angle plus aigu peut témoigner d'une étroitesse d'esprit, ou montrer que la personne est timide et apprécie d'avoir son intimité. Un angle plus obtus peut signifier que la personne est un livre ouvert.

Phalange du haut : cette partie du pouce est associée à la volonté.
Une phalange épaisse ou charnue indique une grande force intérieure.
Une phalange de taille moyenne appartient à quelqu'un qui a l'esprit d'équipe, qui s'entend bien avec les autres. Une phalange plate signifie que la personne manque de direction ou de contrôle d'elle-même..

Phalange du bas : cette partie du pouce est associée à la logique.
Si cette phalange est longue, cela indique que cette personne a une pensée très logique et aime bien réfléchir aux choses dans leur intégralité. À l'inverse, une personne ayant une phalange courte se laisse guider par son intuition.

Forme : évaluez la forme du pouce en le regardant avec l'ongle de face.
Si les côtés sont droits, cela indique une personne honnête, de bonne constitution, indépendante et qui apprécie de passer du temps seule au calme. Si la phalange du bas est plus étroite que le haut du pouce, présentant une sorte de « taille », cela indique souvent que la personne a de bons instincts et une tendance à la spontanéité.

Flexibilité : si le pouce est raide, la personne aussi aura tendance à être plutôt inflexible, parfois têtue. À l'inverse, une grande flexibilité du pouce témoigne d'une personne souple dans sa manière de penser : ouverte d'esprit et de compagnie amusante.

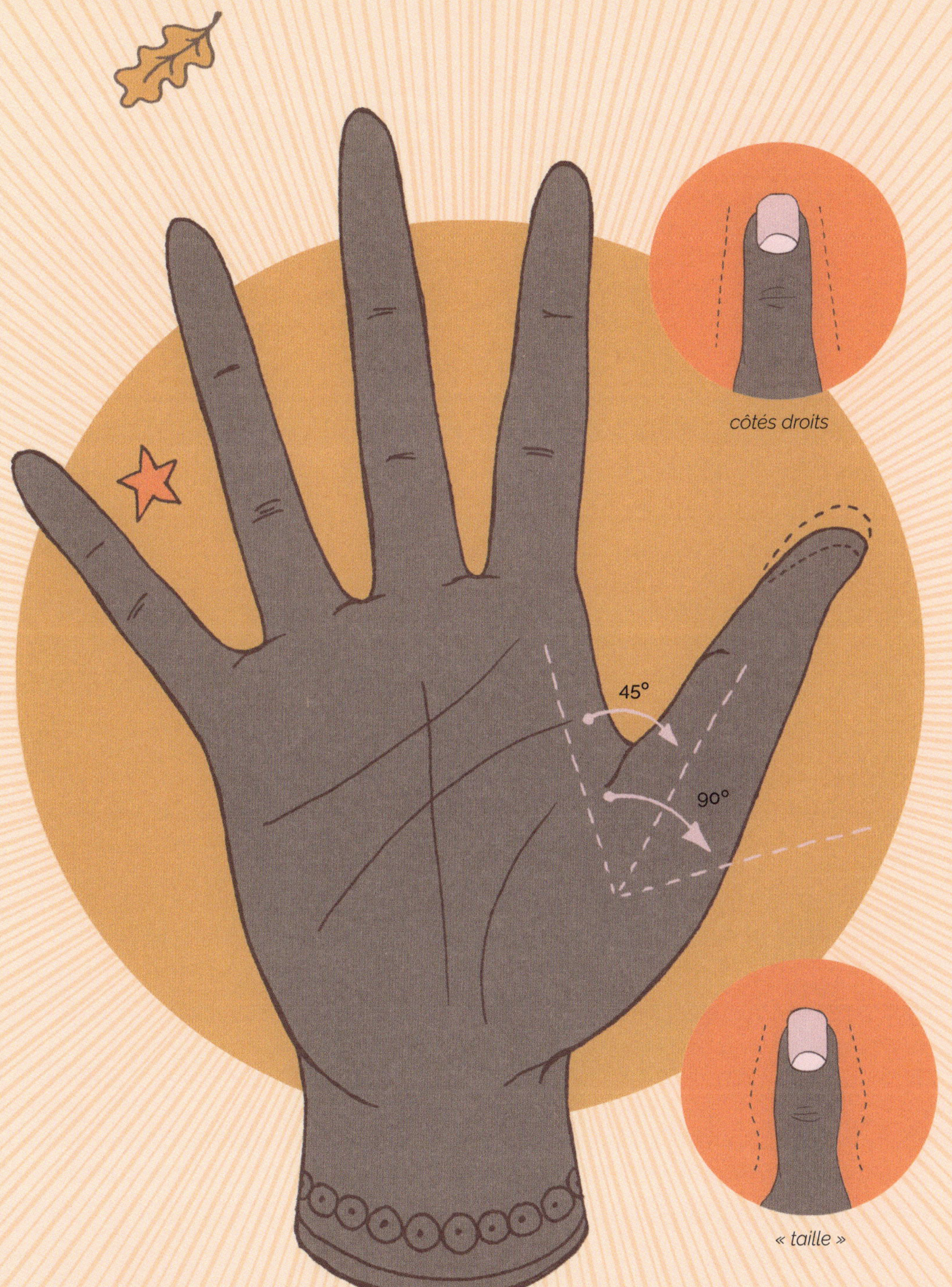
côtés droits
45°
90°
« taille »

L'INDEX

Ego + Ambition

L'index est aussi appelé « premier doigt » ou « doigt de Jupiter ». Il a souvent le plus de sens, car il est en lien avec le soi : les opinions de la personne, son estime d'elle, sa motivation pour atteindre le succès et sa manière d'être. Il est associé à l'intégrité de ses convictions, indiquant si la personne a le courage d'agir pour les défendre.

Long : si l'index est plus long que le majeur, peu importe de combien, cela peut indiquer une fierté excessive. La personne peut avoir une prédisposition pour le leadership, mais dirige peut-être de manière dominatrice. Il se peut qu'elle soit trop confiante, hostile à la critique, même justifiée. Une personne aux index longs peut croire que seule son opinion existe, ou du moins qu'elle est la meilleure.

Typique : une personne à l'index de taille typique est bien équilibrée. Confiante en ses capacités, capable de diriger sans être trop dirigiste, elle a une bonne dose d'ambition sans laisser la réalisation de ses objectifs éclipser d'autres domaines importants de sa vie. Ce genre de personne a des convictions, sans pour autant se montrer fermée aux opinions et croyances des autres.

Court : si l'index est bien plus court que le majeur, la personne peut souffrir d'un manque de confiance en elle. Elle risque de douter d'elle-même et de chercher l'approbation et les conseils des autres. Elle se contente de ne pas se faire remarquer et n'a guère l'ambition de changer sa situation. Une personne à l'index très court ne sait pas très bien ce en quoi elle croit et se laisse facilement influencer par l'avis des autres.

Inclinaison : si l'index se courbe vers le majeur, la personne a peut-être des compétences pour diriger, mais pas suffisamment de confiance en elle pour les mettre en application, s'en remettant à d'autres figures d'autorité.

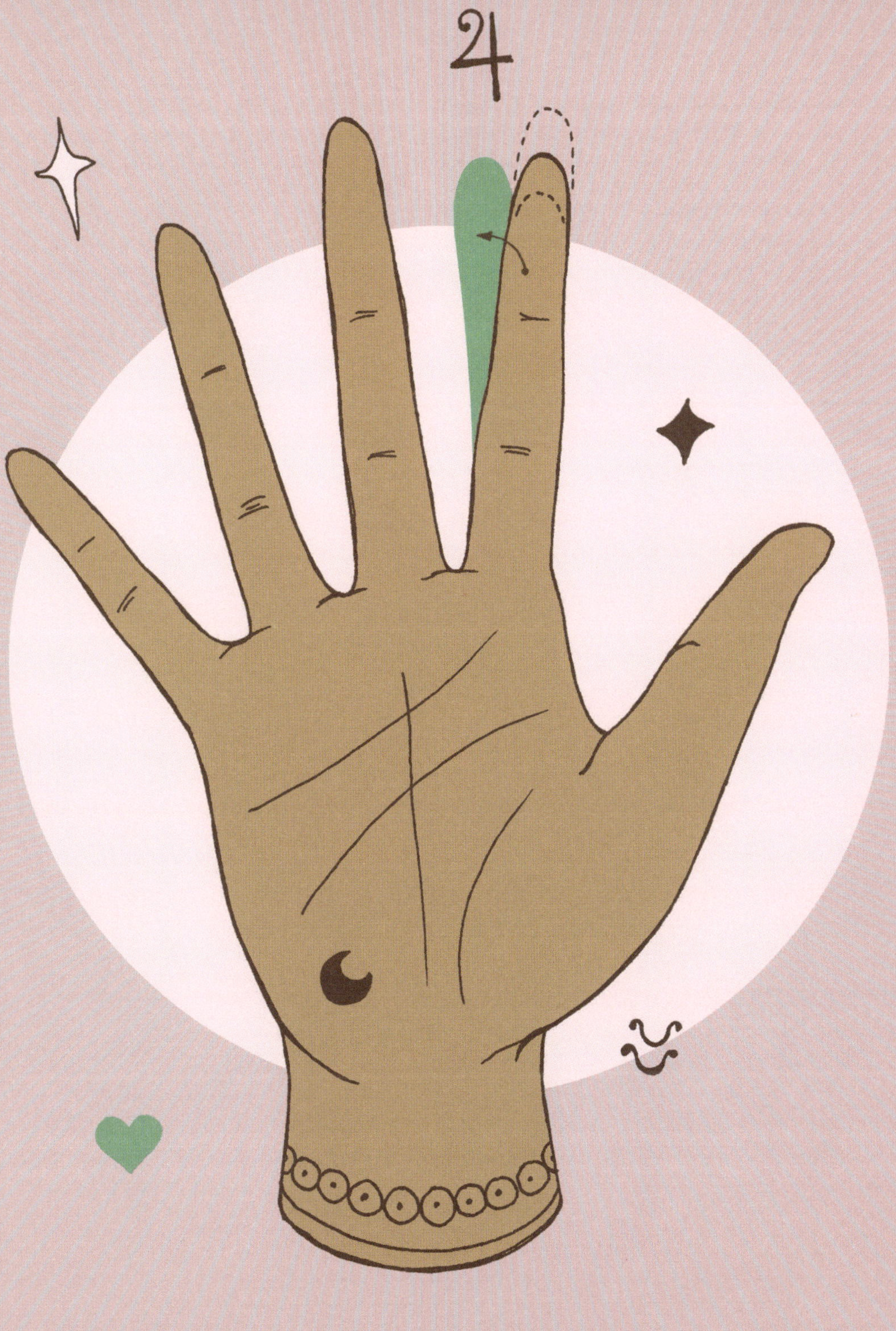

LE MAJEUR

Équilibre + Mode de vie

Le majeur, aussi appelé « deuxième doigt » ou « doigt de Saturne », est le plus long de la main. Il est lié à tous les aspects de la vie quotidienne, à ce qu'on choisit de faire de son temps, aux valeurs que l'on utilise pour se guider et à sa disposition d'esprit.

Long : si le majeur est vraiment plus long que l'index et l'annulaire, cela peut indiquer un sérieux et une intelligence hors normes. Cette personne a des chances de choisir une carrière dans l'éducation ou la recherche, avec une personnalité plutôt réservée et des avis plutôt traditionnels. Une personne au majeur long recherche le calme et la tranquillité, et aime passer du temps seule.

Typique : une personne au majeur de taille moyenne est de tempérament équilibré. Elle est capable d'être sérieuse sans oublier de s'amuser, voire de faire preuve d'insouciance parfois. Elle apprécie les valeurs traditionnelles, mais reste ouverte à faire évoluer ses pensées. Ce genre de personne sait apprécier autant une fête tapageuse qu'une soirée en solitaire.

Court : si le majeur est proche en taille de l'index et de l'annulaire, cette personne mène sans doute une vie très peu conventionnelle. Elle peut opposer une farouche résistance à toute forme d'autorité et se sent rapidement restreinte par les règles. Elle peut aussi se montrer très frivole, dépensant l'argent sans compter, dilapidant son temps sans rien prendre au sérieux dans la vie.

Inclinaison : un écart en V entre le majeur et l'annulaire dénote un caractère rebelle. Les personnes dont le majeur penche vers l'annulaire refusent de grandir, évitant les « pièges » de la vie adulte.

L'ANNULAIRE

Présentation + Beauté + Émotions

L'annulaire, aussi appelé « quatrième doigt » ou « doigt d'Apollon », est associé à l'image qu'une personne donne d'elle, à la créativité, aux arts et aux raffinements de la vie, ainsi qu'à la relation de la personne à ses émotions.

Long : un annulaire long indique souvent un besoin de s'exprimer et d'être reconnu, et sans doute des envies de notoriété ou de célébrité. Ce genre de personne recherchera une carrière de représentation, et il se peut qu'elle ait un ego surdimensionné. Une prédilection pour les arts et les plaisirs de la vie la caractérise aussi. Dotée d'une grande sensibilité, elle ressent des émotions profondes et prenantes.

Typique : une personne avec un annulaire de taille moyenne aime la beauté et les belles choses de la vie, sans en abuser. Elle cherchera peut-être le renom ou la reconnaissance, mais pas aux dépens d'autres domaines de la vie, et son goût pour l'art se trouve souvent modéré par son sens pratique.

Court : une personne dont l'annulaire est particulièrement court ne refusera pas les honneurs, mais seulement si elle les mérite vraiment, car son intégrité, son sens de l'innovation et son besoin de coopérer comptent plus que tout. Elle juge que prendre part aux bonnes choses de la vie est plus important que la notoriété. Ce genre de personne peut avoir du mal à définir ce qu'elle ressent, ou a tendance à le garder pour elle.

Inclinaison : si l'annulaire penche vers le majeur, la personne peut avoir l'impression que sa capacité à apprécier les plaisirs de la vie est entravée par le mode de vie qu'elle a choisi, qu'il s'agisse d'un travail exigeant ou d'une famille chronophage.

L'AURICULAIRE

Communication + Langage

Le petit doigt, aussi connu comme « doigt de Mercure », est le plus petit doigt de la main et représente la communication sous toutes ses formes. Il est associé au langage, à la vivacité d'esprit, à l'éloquence et à l'expression. Il est aussi en lien avec la sexualité, forme de communication en soi.

Long : un auriculaire long indique un bon orateur, doté d'un bon intellect, qui lui permet de formuler élégamment ses idées, ainsi que de les transmettre de manière claire, par écrit, par oral ou par tout autre moyen. Ces personnes peuvent intégrer de nombreuses informations et détecter une bonne histoire, et la retransmettre brillamment. Elles aiment profondément le langage. Leur capacité à communiquer en fait aussi de bons partenaires dans l'intimité.

Typique : une personne avec un auriculaire de taille moyenne aura des capacités de communication moyenne. Elle est capable de communiquer ses pensées et ses sentiments, mais pas forcément de manière instinctive ou avec facilité. Elle préfère échanger en petit comité plutôt que prendre la parole en public.

Court : lorsqu'une personne a un petit doigt vraiment court, il est probable qu'elle ait du mal à s'exprimer, qu'elle soit incapable de formuler ce qu'elle pense ou ressent vraiment. Il peut s'agir d'une personne qui parle « sans filtre » ou d'un manque de recul sur la manière dont ses paroles sont reçues. Cela peut aussi poser des difficultés pour l'intimité physique. Ce genre de personne a souvent l'impression d'être incomprise.

Inclinaison : si l'auriculaire penche vers l'annulaire, cela peut témoigner d'un charme certain dans la manière de communiquer, et la personne peut exceller à « baratiner » celui qu'elle essaie de convaincre.

LES PHALANGES ET LA FLEXIBILITÉ

Chaque doigt est constitué de trois phalanges ou segments distincts que l'on voit lorsque l'on plie les doigts. Chaque phalange détient son lot de révélations.

PHALANGE DU HAUT

Il s'agit de l'extrémité du doigt, et elle parle de l'univers mental de la personne : son mode de pensée et son acuité mentale.

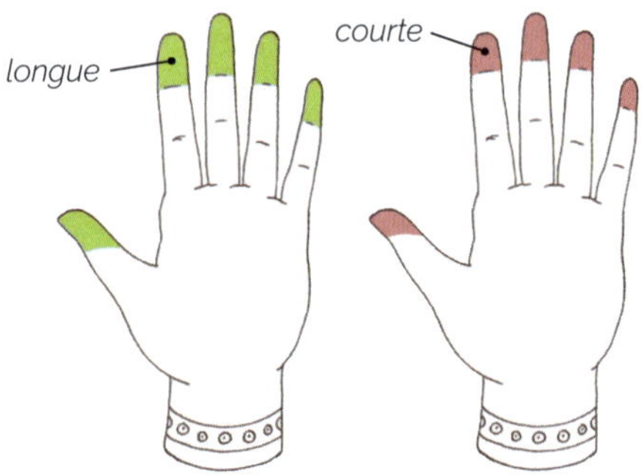

Longue : une phalange du haut longue peut indiquer un cerveau très actif, souvent associé à un intellect puissant, ou une soif de connaissances et un intérêt pour des sujets très variés. La personne réfléchit beaucoup, se plongeant aisément dans le monde de l'esprit.

Courte : pour les gens avec des phalanges du haut courtes, le système éducatif traditionnel n'est peut-être pas le plus propice à l'apprentissage, car ils préfèrent expérimenter plutôt que lire à propos de quelque chose.

PHALANGE DU MILIEU

Cette phalange se rapporte au monde pratique et au monde des affaires, et peut indiquer quel genre de travailleur est cette personne.

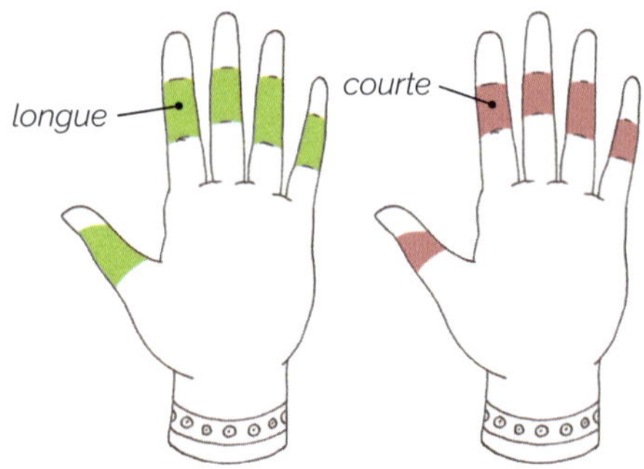

Longue : une phalange du milieu longue indique une personne pratique et gouvernée par la pensée rationnelle. Ce sont souvent de bons travailleurs qui parviennent à faire fructifier leurs idées, des personnes responsables et fiables qui apprécient les règles et préfèrent s'y conformer.

Courte : lorsque les phalanges du milieu sont courtes, la personne s'intéresse peu aux choses pratiques, elle ne prête pas attention aux tâches quotidiennes ni au détails.

PHALANGE DU BAS

La section du doigt la plus proche de la paume est associée au monde physique et à la manière dont une personne fait usage de ses sens. La notion de confort est aussi liée à cette zone.

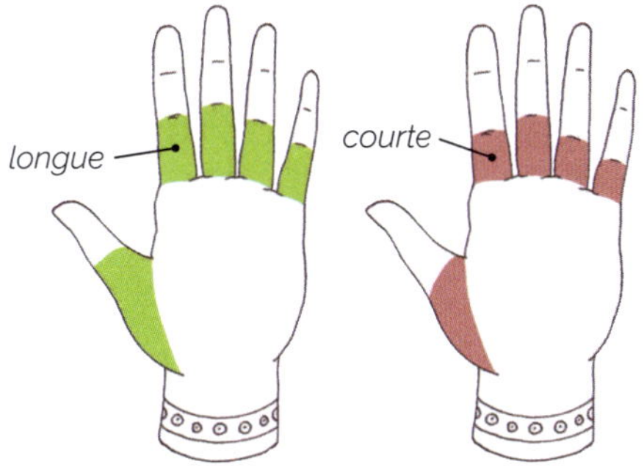

Longue : les personnes avec de longues phalanges du bas aiment le monde physique, elles sont ancrées et terre à terre. Elles sont dotées d'une grande force, apprécient l'activité physique et la nature. Le sentiment de sécurité est important pour elles.

Courte : une personne dont les phalanges du bas sont courtes peut pencher vers le matérialisme, avoir un sentiment de manque même si elles ne sont pas à plaindre. Elles ont du mal à se sentir en sécurité et s'efforcent d'égaler le niveau de vie des autres.

FLEXIBILITÉ

Pour l'examen des doigts, il faut aussi estimer leur flexibilité. Pour cela, tirez doucement les doigts en arrière avec la main, pour évaluer leur souplesse à la base et au niveau des articulations supérieures. Il est habituel d'obtenir une inclinaison entre 30° et 45°.
Ce qui est notable, c'est s'ils se plient plus loin ou ne présentent presque aucune souplesse.

Inflexibles : les doigts raides indiquent un manque de souplesse dans la vie en général. Une personne dont les doigts se plient à peine (en arrière) est très traditionnelle, avec ses petites habitudes, et n'a pas envie de voir les choses différemment. Elle n'aime sans doute pas les surprises, a du mal à se laisser aller et peut être tendue.

Très souples : ils témoignent d'une souplesse d'esprit. Cette personne est ouverte d'esprit, prompte à agir sur un coup de tête. Ils peuvent aussi indiquer un manque de conviction, et donc une incapacité à s'engager, dans une carrière comme dans une relation.

LES EMPREINTES

Il n'existe pas deux empreintes digitales identiques, et c'est pourquoi on les utilise comme moyen d'identification. Mais les formes et motifs récurrents peuvent être très révélateurs d'une personnalité.

FORME	SIGNIFICATION

SPIRALES
Original + Indépendant

Les spirales ou tourbillons se caractérisent par des cercles concentriques, dénotant une certaine individualité.

Index : individu très indépendant, depuis l'enfance.
Majeur : personne qui suit sa philosophie propre et ses idéologies, sans tenir compte des tendances.
Annulaire : personne qui a un don artistique et un penchant pour la beauté.
Auriculaire : personne qui s'intéresse de près aux autres cultures et croyances.
Pouce : individu motivé qui aime abattre de la besogne, mais à sa manière.

ARCHES
Ancré + Fiable

Les arches se présentent sous forme de traits incurvés ou droits, et représentent un tempérament terre à terre.

Index : personne qui a pour priorité la sécurité.
Majeur : personne aux vues traditionnelles, qui fait passer la famille et l'éducation d'abord.
Annulaire : personne qui apprécie les plaisirs simples et a un penchant naturel pour les travaux manuels.
Auriculaire : personne qui valorise les traditions, parfois au détriment de l'épanouissement personnel.
Pouce : personne honnête et stable, directe dans sa manière de communiquer.

FORME	SIGNIFICATION

ARCHES POINTUES

Passionné + Facilement excitable

Les arches forment un pic en leur milieu, formant des collines pointues, qui dénotent une nature passionnée.

Index : individu à la personnalité marquée, de nature fougueuse.
Majeur : passionné de voyages constamment à l'affût de nouvelles expériences.
Annulaire : personne qui a le goût du mélodrame et cherche à attirer l'attention.
Auriculaire : partenaire passionné qui excelle dans l'intimité.
Pouce : personne sujette à des pics d'énergie, puis à des épisodes de burn-out pour récupérer.

BOUCLES

Attentif aux autres + Empathique

On distingue les boucles ulnaires, où les arêtes viennent du côté de l'auriculaire, des boucles radiales, qui viennent du côté du pouce. Les boucles ulnaires sont courantes et indiquent seulement une nature sociable et raisonnable. Les descriptions ci-contre se rapportent aux boucles radiales, qui sont plus rares.

Index : personne sensible aux besoins des autres et naturellement douée pour en prendre soin.
Majeur : personne qui aime apprendre sur les autres, surtout au sujet de la culture et de la spiritualité.
Annulaire : personne qui semble heureuse et équilibrée, mais qui a tendance à ne pas voir ses propres besoins.
Auriculaire : personne qui fait passer les besoins des autres avant les siens.
Pouce : individu qui excelle dans le travail d'équipe et apprécie de faire partie d'un groupe.

CHAPITRE 3 : LES LIGNES ET MARQUES DE LA PAUME

Maintenant que vous avez une idée de la personnalité et des traits de caractère de la personne dont vous étudiez la main, vous disposez du contexte pour interpréter les lignes de sa paume.

LES LIGNES PALMAIRES
Les lignes majeures sont associées aux éléments, tandis que les mineures ont moins d'importance. Voici ce qu'il faut garder à l'esprit quand on étudie les lignes de la main.

Considérez les lignes de la main comme des canaux d'énergie, qui émergent, se heurtent et sont alimentés par les traits de caractère dominants.

Les lignes peuvent changer au fil du temps. Ce que dit la main au temps présent n'indique pas un avenir figé.

L'évaluation doit se faire à plusieurs niveaux. Regardez chaque ligne de diverses manières : quel chemin prend-elle ? Quelle est sa longueur ? Quelles sont sa profondeur et sa qualité ?

Les marques spéciales apportent des nuances. Si leur apparition n'est pas forcément significative, elles apportent toujours des détails intéressants.

Faites confiance à votre intuition. Elle vous sera aussi utile que les connaissances que vous aurez accumulées grâce à vos lectures.

LES LIGNES MAJEURES

Ce que les gens connaissent généralement de la chiromancie, et la manière dont elle est schématisée, se résume à la lecture des lignes majeures de la main.

Il y a quatre lignes majeures : la ligne de vie, la ligne de tête, la ligne de cœur et la ligne du destin. Souvent plus profondes, elles sont aussi les plus visibles. Même si elles existent chez tout le monde, elles peuvent varier énormément d'un individu à l'autre. Longues ou courtes, incurvées dans un sens ou un autre, profondes et bien nettes, ou peu marquées et brisées, elles peuvent même varier d'une main à l'autre, et c'est pourquoi il est toujours préférable de regarder les deux.

Dans cette partie, nous allons examiner de plus près les quatre lignes majeures de la paume, ainsi que deux des lignes mineures, la ligne simienne et l'anneau de Vénus, qui leur sont parfois associées. Comme vous allez le voir, les quatre lignes majeures représentent quatre domaines de la vie très différents et permettent d'avoir une bonne connaissance de la manière dont une personne avance dans la vie.

LES QUATRE LIGNES MAJEURES

1) La ligne de vie // Terre : on lui associe le voyage de la vie, la vitalité et le mode de vie.

2) La ligne de tête // Air : on lui associe la mentalité de la personne, le mode de pensée.

3) La ligne de cœur // Eau : on lui associe l'état émotionnel, ce que la personne ressent.

4) La ligne du destin // Feu : on lui associe la direction prise dans la vie, le mode décisionnel.

LA LIGNE DE VIE

Vitalité + Stabilité + Connexion

La première chose à préciser est que la ligne de vie ne prédit pas la durée de vie de la personne ni son décès. Même si dans la culture populaire la chiromancie est associée à ce genre de prédictions, données par une mystique en toge qui après avoir jeté un bref coup d'œil à la paume du héros lui annonce un trépas précoce, ce n'est pas du tout ainsi que fonctionne la ligne de vie.

OÙ ?

La ligne de vie commence sur le côté de la main, au-dessus du pouce, et contourne le mont de Vénus pour aller vers la base de la paume.

SIGNIFICATION

Si elle ne détermine pas la durée de vie, la ligne de vie est toutefois liée à la vitalité de la personne. Elle retrace les expériences qu'elle a eues et vers lesquelles elle se dirige.

ÉLÉMENT ASSOCIÉ

Cette ligne est représentée par l'élément terre, et témoigne de la capacité d'une personne à s'ancrer dans sa vie. Elle est associée à la stabilité et à la connexion, surtout en ce qui concerne la maison, la famille et le corps physique.

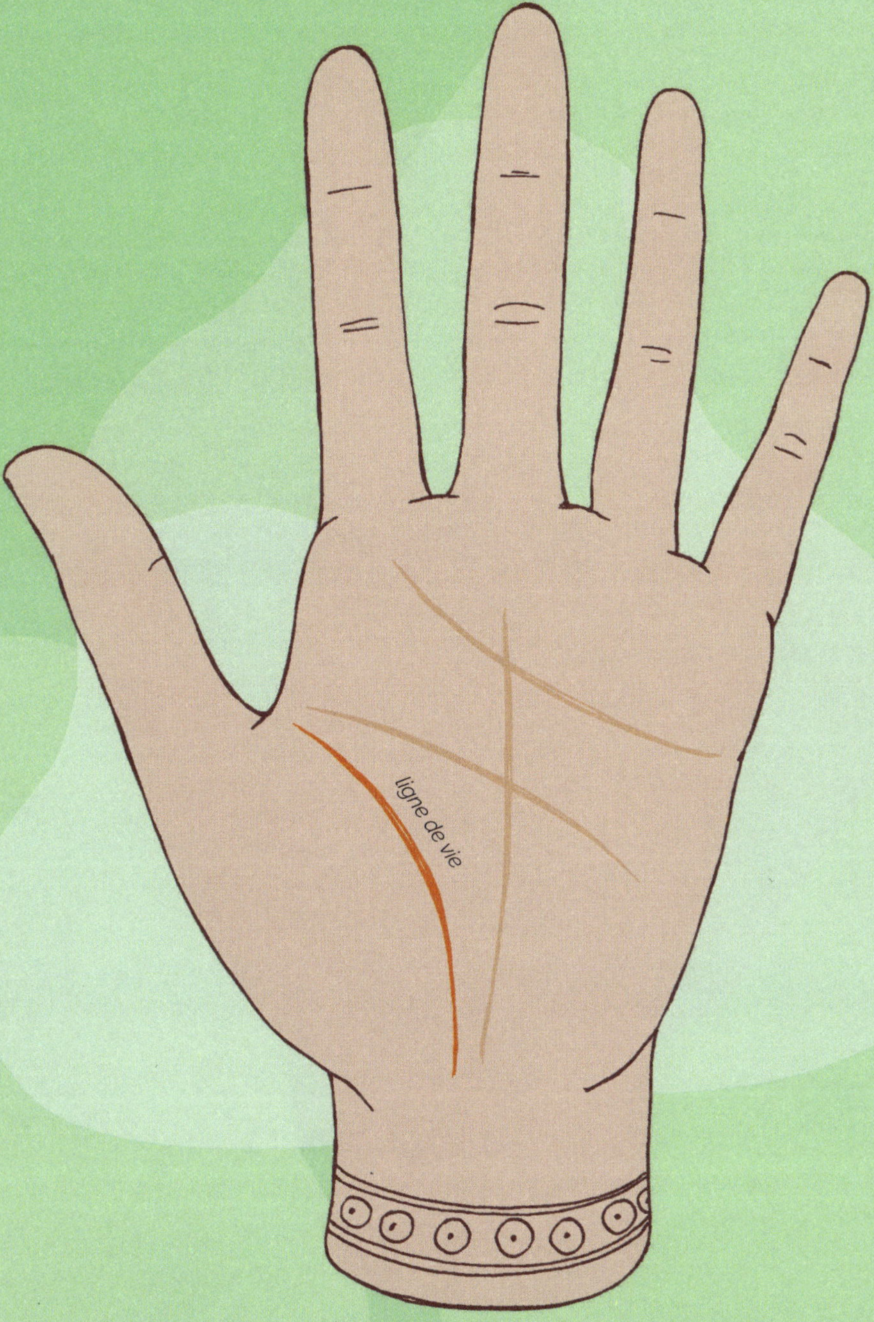
ligne de vie

LES DÉTAILS DE LA LIGNE DE VIE

LE DÉBUT

Cherchez l'endroit où la ligne de vie débute, entre le pouce et l'index.

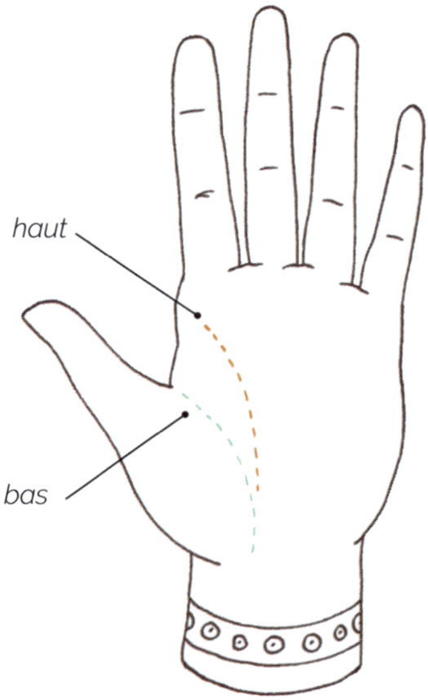

Haut : si le début de ligne de vie de quelqu'un commence haut, sur le mont de Jupiter, cela indique l'ambition. Cette personne est sans doute très motivée et centrée sur les résultats, avec une idée bien précise de ce que le succès signifie pour elle et de la manière dont elle prévoit d'y arriver. Il s'agit souvent de leaders-nés, qui sautent sur les opportunités. Ce sont des gens très occupés, avec l'esprit de compétition, qui recherchent la stimulation intellectuelle.

Bas : lorsqu'une ligne de vie commence bas sur la main, la personne apprécie d'avoir une vie simple et sans stress. Gravir les échelons ou être en compétition ne l'intéressent pas. Elle préfère profiter de la compagnie de ses amis et de sa famille, et partager avec eux des plaisirs simples. Elle n'a sans doute pas des passions hautement intellectuelles, mais une vie sociale bien remplie.

LA COURBE

Notez si la courbe de la ligne est très accentuée ou si la ligne reste très proche du pouce, presque en ligne droite.

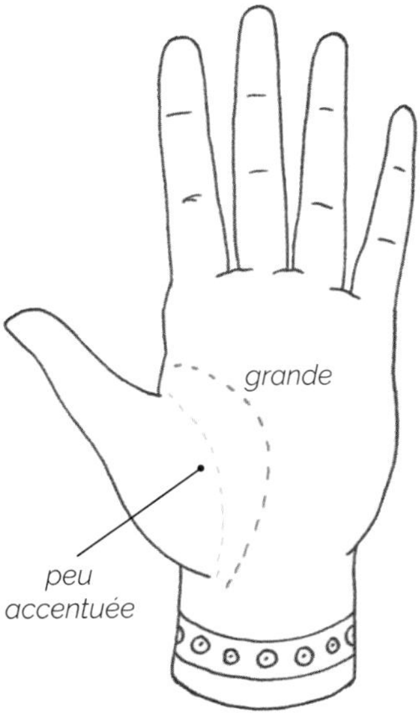

Grande : si la ligne de vie s'incurve largement dans la paume, s'écartant du pouce avant de revenir en bas, cela indique un appétit pour la vie et tout ce qu'elle a à offrir. C'est le genre de personne qui profite de chaque instant. Il s'agit souvent de personnalités charismatiques, magnétiques, communiquant aux autres leur enthousiasme et leur goût de l'aventure.

Peu accentuée : si la ligne de vie est peu arrondie, traversant le mont de Vénus, cela peut indiquer un manque d'enthousiasme ou d'entrain. La personne peut avoir l'esprit étroit, rechigne à essayer tout ce qui est nouveau, ou est tombée dans une routine monotone.

LA QUALITÉ

La profondeur, la couleur et le tracé de la ligne sont les aspects les plus parlants de cette ligne majeure.

Profonde et rouge : un sillon bien net et profond, de couleur plus foncée témoigne d'une grande vitalité. Une personne pleine d'énergie, en bonne santé, qui est décidée à profiter de la vie et de tout ce qu'elle a à offrir. Plus la ligne est nette et profonde, plus la force vitale est grande et forte.

Mince et peu profonde : une personne dont la ligne de vie est mince et peu profonde a un niveau de vitalité à l'avenant. Cette personne est sans doute souvent épuisée et a une vision terne de l'existence. Elle se sent peut-être déconnectée, a du mal à se concentrer et son mental est surchargé. Une ligne de vie à peine visible peut aussi indiquer des problèmes de santé.

LES DÉTAILS DE LA LIGNE DE VIE

LA LONGUEUR

N'oubliez pas que la longueur de la ligne n'indique en rien la durée de vie de la personne.

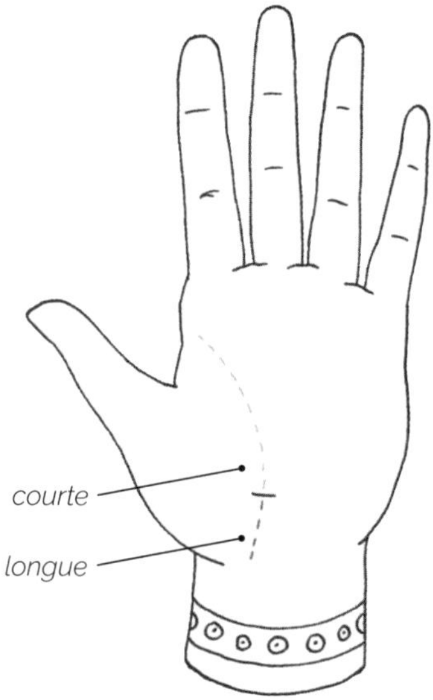

Longue : comme une ligne bien nette, une ligne de vie longue, qui atteint le bas de la paume, indique une grande vitalité. Cette personne se sent sans doute bien dans sa peau, ancrée, disposant d'un bon réseau de soutien composé d'amis et de membres de sa famille. Elle a sans doute une bonne stabilité et un bon niveau d'énergie.

Courte : si vous repérez une ligne de vie courte, vous ne devez pas craindre une mort précoce. Il s'agit plutôt d'une personne qui a le sentiment de ne pas avoir de racines, mais qui est très indépendante, qui vit en loup solitaire plutôt qu'en meute. Elle n'hésite pas à déménager, à changer de métier ou même de partenaire. Ce genre de personne n'a guère de sentiment de sécurité.

L'ASPECT

L'allure de la ligne donne aussi des indications sur la manière dont la personne vit sa vie.

Début fourchu : une ligne de vie qui présente plusieurs traits en haut indique plusieurs « démarrages » ; cette personne a sans doute expérimenté plusieurs voies avant de trouver celle qui lui correspond ou qu'elle a choisi de poursuivre. C'est une personne qui aime avoir le choix et ne s'épanouit pas lorsqu'elle se sent enchaînée.

Fin fourchue : une bifurcation en fin de ligne, au-dessus du poignet, dénote un amour du voyage et un sens de l'aventure. Cette personne a sans doute une grande curiosité pour les autres cultures, modes de vie et spiritualités. Elle cherche le changement, la stimulation et les nouvelles expériences.

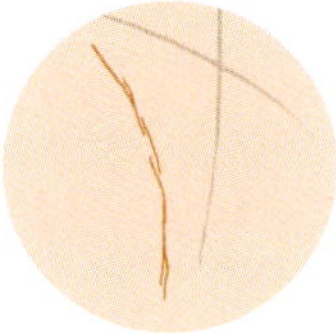

Brisée : une ligne qui semble constituée de multiples traits indique une personne qui change de direction de vie sur un coup de tête, suivant ce qui pique son intérêt. Elle manque peut-être d'un sentiment de stabilité ou de but dans la vie. La devise de ce genre de personne pourrait être : « Rien n'est permanent, sauf le changement. »

Maillons : lorsque la ligne de vie ressemble à une chaîne composée de maillons, ou à une série de petites îles, cela peut témoigner d'une instabilité générale. Cette personne risque de laisser ses émotions diriger ses actions, ce qui peut affecter la qualité de sa vie. Elle peut être sujette à des sautes d'humeur qui peuvent miner sa vitalité générale.

LA LIGNE DE TÊTE

Intellect + Raisonnement + Perspective

Si la ligne de vie reflète la force vitale qui nous habite, la ligne de tête nous renseigne sur ce qui se passe dans l'esprit. Nous sommes des êtres pensants, mais chacun est différent quand il s'agit de rassembler des informations, de traiter les pensées et de leur permettre d'influencer nos points de vue et actions.

OÙ ?

La ligne de tête débute sur le côté de la main au-dessus du pouce, tout près ou sur la ligne de vie, elle traverse la paume vers le mont de la lune du côté de l'auriculaire.

SIGNIFICATION

La ligne de tête révèle notre manière de penser. Elle renseigne sur l'acuité mentale, la manière de raisonner et celle dont ces processus entrent en jeu dans les différents domaines de la vie.

ÉLÉMENT ASSOCIÉ

La ligne de tête est associée à l'élément air, qui représente les plans supérieurs de l'existence, et que l'on relie à l'intelligence, la connaissance et la liberté. L'air ne supporte pas d'être enfermé.

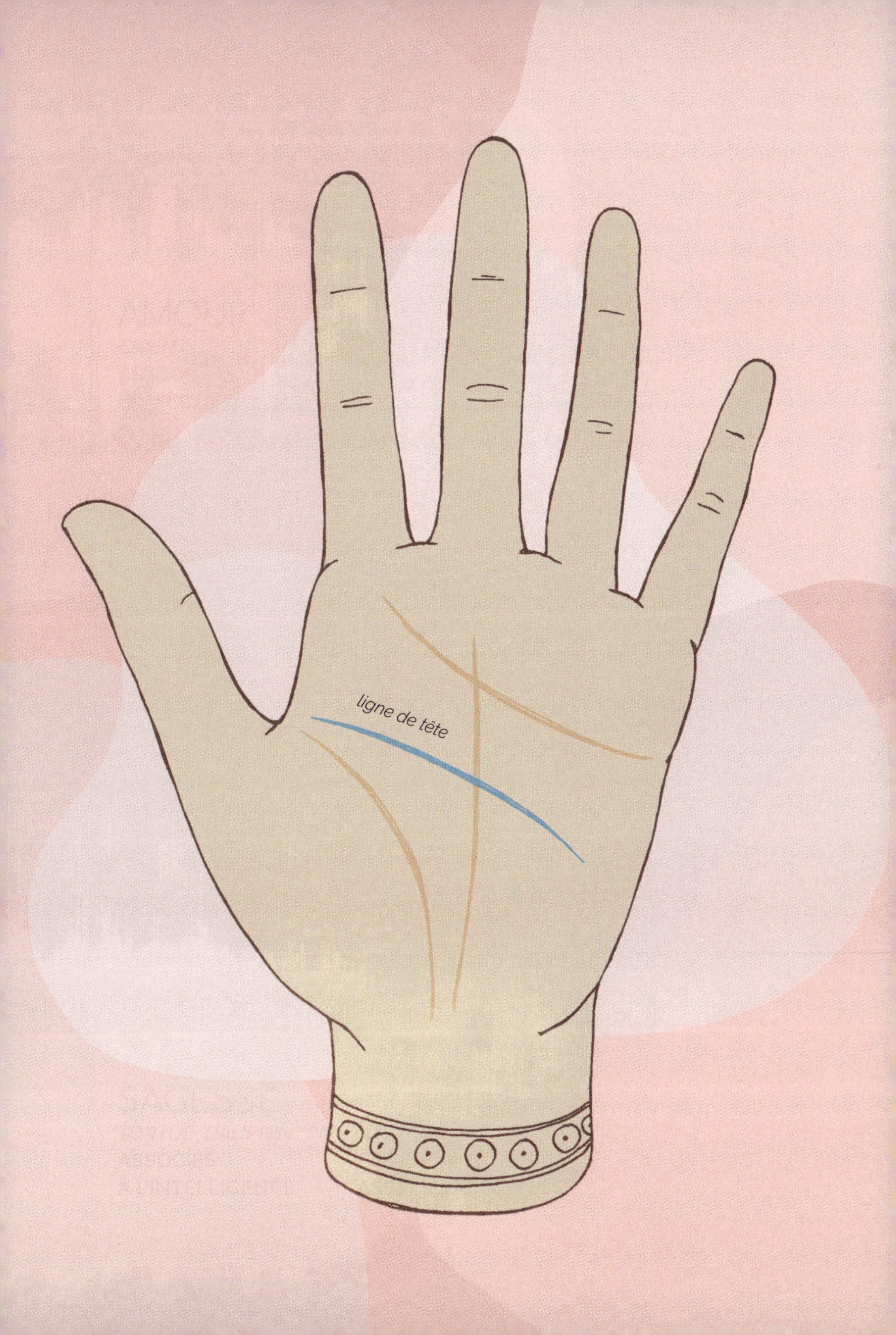
ligne de tête

LES DÉTAILS DE LA LIGNE DE TÊTE

LE DÉBUT

Examinez l'endroit où débute la ligne de tête, et si elle suit en partie le même chemin que la ligne de vie.

Lignes de vie et de tête commencent au même point

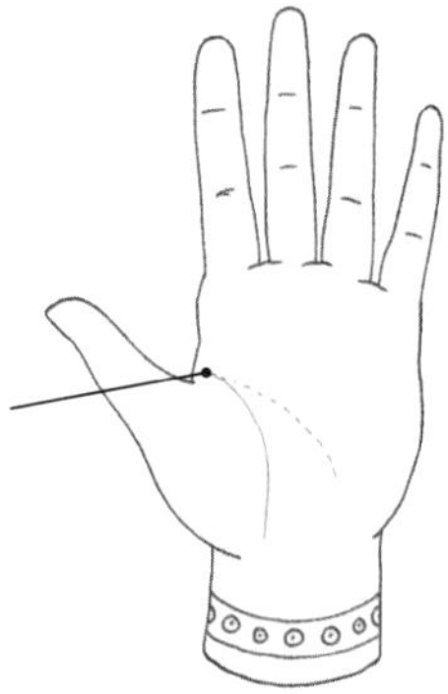

Liée à la ligne de vie : il n'est pas rare que la ligne de vie et la ligne de tête partent d'un même point. Si les deux lignes divergent rapidement, cela peut signifier que la personne a un lien fort avec sa famille. Elle ressent peut-être plus fortement le devoir familial et aime garder près d'elle, physiquement ou émotionnellement, les êtres chers, même une fois qu'ils ont quitté la maison.

Lignes de vie et de tête suivent un long trajet commun

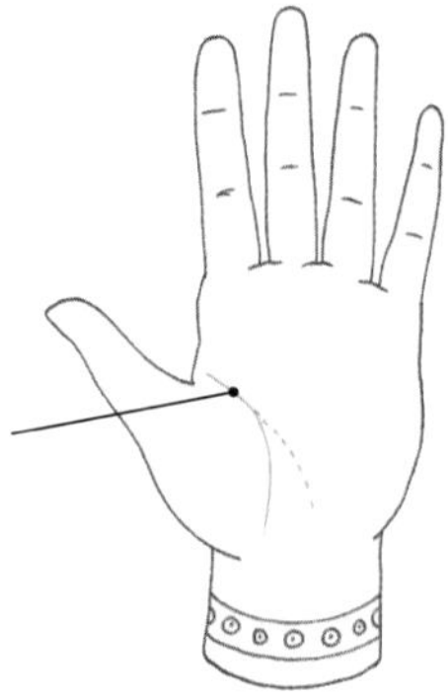

Confondue avec la ligne de vie : si le lien entre la ligne de tête et la ligne de vie continue vers le milieu de la paume avant qu'elles ne divergent, le devoir familial peut devenir envahissant. La personne accorde trop de poids à ce que les membres de sa famille pensent, et est incapable de prendre des décisions seule. Elle a sans doute des opinions traditionnelles et se tourne vers les autres pour valider ses avis.

Lignes de tête et de vie séparées

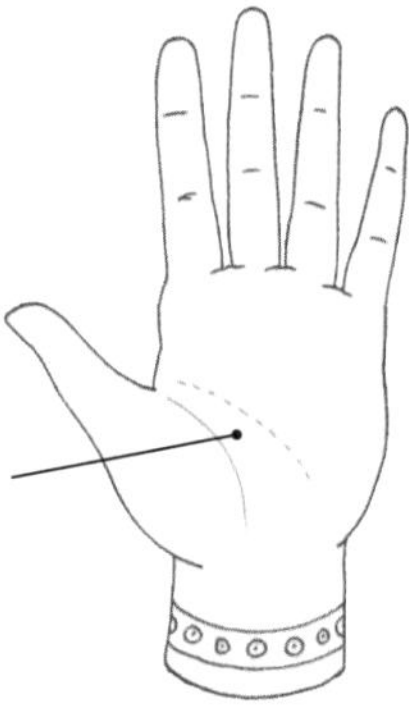

Séparée de la ligne de vie : un espace entre les deux lignes dès le départ peut indiquer que cette personne est un esprit indépendant. Cela n'implique pas forcément qu'elle n'a pas le sens du devoir familial, mais elle ne se laisse pas dicter ses actions par la tradition ni par son éducation. Ce genre de personne est ouverte d'esprit, aventureuse, par la pensée comme par le mode de vie, et se laisse séduire par des façons de penser progressives.

LA COURBE
Évaluez si la ligne de tête traverse la paume en ligne droite ou s'incurve vers le mont de la Lune.

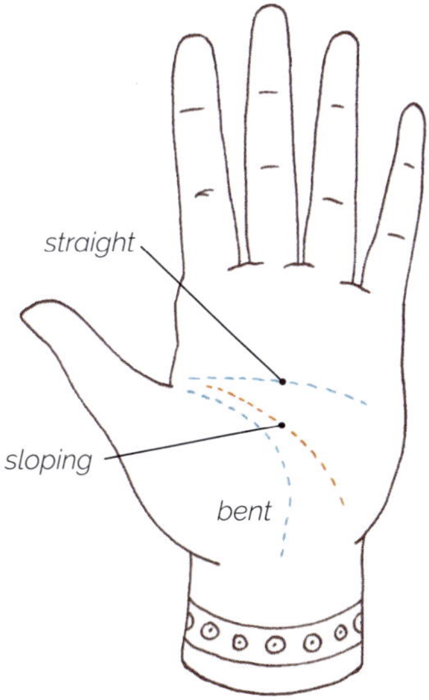

Droite : une ligne de tête droite indique une personne extrêmement logique, qui adopte une vision du monde réaliste, qui est bien campée dans ses positions et qui déteste changer d'avis. Elle préfère les faits aux fables et les données aux rêves. Pour prendre des décisions, elle se base sur le sens pratique.

Douce : une ligne de tête qui adopte une courbe douce signale une personne particulièrement spirituelle, son plan de pensée s'élève au-dessus de la réalité du monde sensible et elle laisse son esprit suivre ses turpitudes. Elle est dotée d'une imagination puissante et pose un regard empreint de spiritualité sur la vie. Elle se laisse volontiers guider par son intuition, autant, sinon plus, que par les faits qui se rapportent au sujet en question.

Serrée : si la ligne de tête suit une courbe serrée, qui empiète largement sur le mont de la Lune, il est probable que cette personne se plonge dans le domaine du subconscient, se laissant aller à la rêverie au point que cela interfère avec son quotidien. Il s'agit typiquement des personnes qui sont tout le temps « dans leur tête », qui réfléchissent en permanence mais agissent rarement.

LES DÉTAILS DE LA LIGNE DE TÊTE

LA LONGUEUR

La longueur de la ligne de tête est très révélatrice sur la manière de penser de la personne.

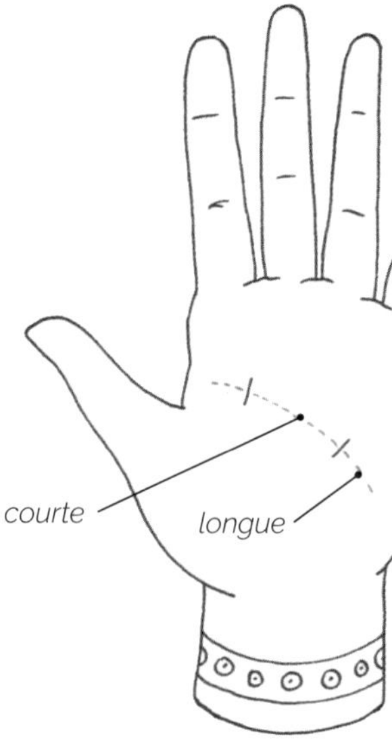

Courte : cette personne limite sa réflexion à l'ici et maintenant, et préfère l'action à la réflexion. Elle peut se montrer impulsive dans ses prises de décision, se fiant à son instinct au lieu de peser le pour et le contre. Il se peut qu'elle déteste écouter les points de vue opposés au sien, et rechigne à s'ouvrir l'esprit.

Longue : une ligne de tête longue indique une personne dont le sport préféré est la pensée. Elle apprécie les avis bien informés et prend plaisir à se plonger dans divers domaines de connaissance. Elle a souvent une bonne mémoire et voit loin.
Cette personne apprécie les discussions philosophiques et les questions existentielles. Il s'agit souvent de personnes ambitieuses et couronnées de succès dans leur domaine, qui, si la ligne est droite, peut être la science ou les mathématiques, et si elle est courbe, les arts ou une autre voie créative.

L'ASPECT

Les détails de la ligne de tête peuvent donner un éclairage sur l'état d'esprit d'une personne, et même sa santé physique.

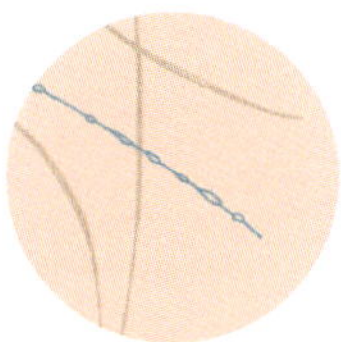

Maillons : une ligne de tête composée de maillons peut signaler une personne sujette aux migraines, ou qui a du mal à se concentrer.

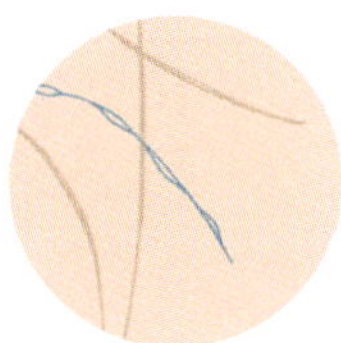

Îlots : si la ligne comporte des îles (comme des maillons, mais plus grands), c'est un signe de stress chronique. Cela peut aussi indiquer que la personne a un secret, ou qu'elle se sent prisonnière de quelque chose.

Nette : une ligne de tête claire, sans interruptions ni maillons, indique une très grande acuité mentale. Cette personne a les idées claires et se laisser guider par son intellect.

LA FIN

Parfois le bout de la ligne a autant d'importance que le début.

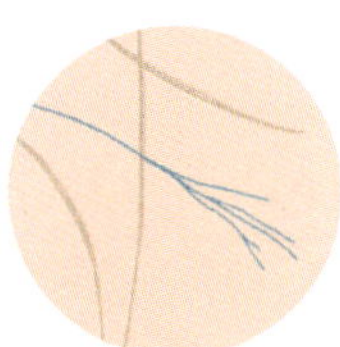

Effilochée : quand la ligne de tête de quelqu'un est effilochée au bout, cela peut indiquer un esprit préoccupé. Les pensées tournent en rond sans jamais parvenir à une conclusion. Malgré un fil de pensée clair, la personne cogite en vain, incapable d'arriver à une piste ou à une décision.

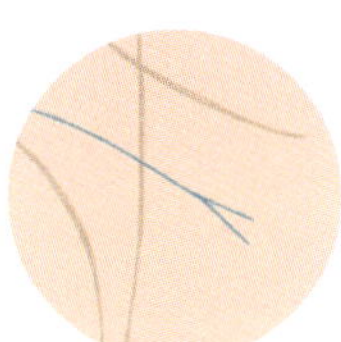

En fourche : une bifurcation à la fin de la ligne de tête est souvent associée à une personne qui s'intéresse à beaucoup de choses. Elle aura peut-être deux carrières différentes dans sa vie, dans des domaines complètement différents.

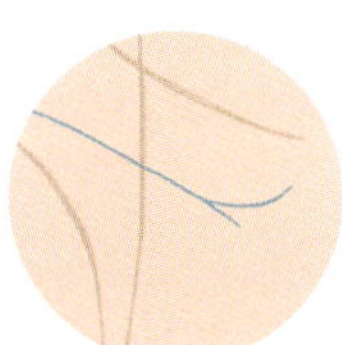

En fourche relevée : quand une ligne de tête se termine par une fourche nette dont une branche est tournée vers le haut, on l'appelle la « fourche de l'écrivain » ; elle indique que la personne est non seulement adepte de l'écrit, mais aussi douée pour la communication en général. Elle connaîtra sans doute le succès dans un domaine créatif.

LA LIGNE DE CŒUR

Émotion + Compassion + Connexion

Sans surprise, la ligne de cœur concerne les sentiments. Les gens aimeraient bien sûr que la ligne de cœur leur prédise clairement leur vie amoureuse, mais ce n'est pas ainsi qu'elle fonctionne. Elle indique la manière de gérer les émotions et le mode de relation aux autres – pas seulement en ce qui concerne les relations sentimentales.

OÙ ?

La ligne de cœur commence sur le bord de la paume du côté de l'auriculaire, juste en dessous du mont de Mercure, au-dessus de la ligne de tête, et traverse la paume.

SIGNIFICATION

La ligne de cœur donne des indications sur l'état émotionnel, elle permet de savoir si la personne aura du « succès » en amour, mais guère plus. Elle indique surtout comment les sentiments peuvent affecter le caractère et la personnalité de la personne.

ÉLÉMENT ASSOCIÉ

C'est bien sûr l'élément eau qui lui est associé, car l'eau est maîtresse des émotions. Et, comme l'eau qui symbolise le flux des sentiments (ou le tumulte, la stagnation ou l'intensité des émotions), la ligne de cœur représente la manière dont les sentiments traversent la vie d'une personne.

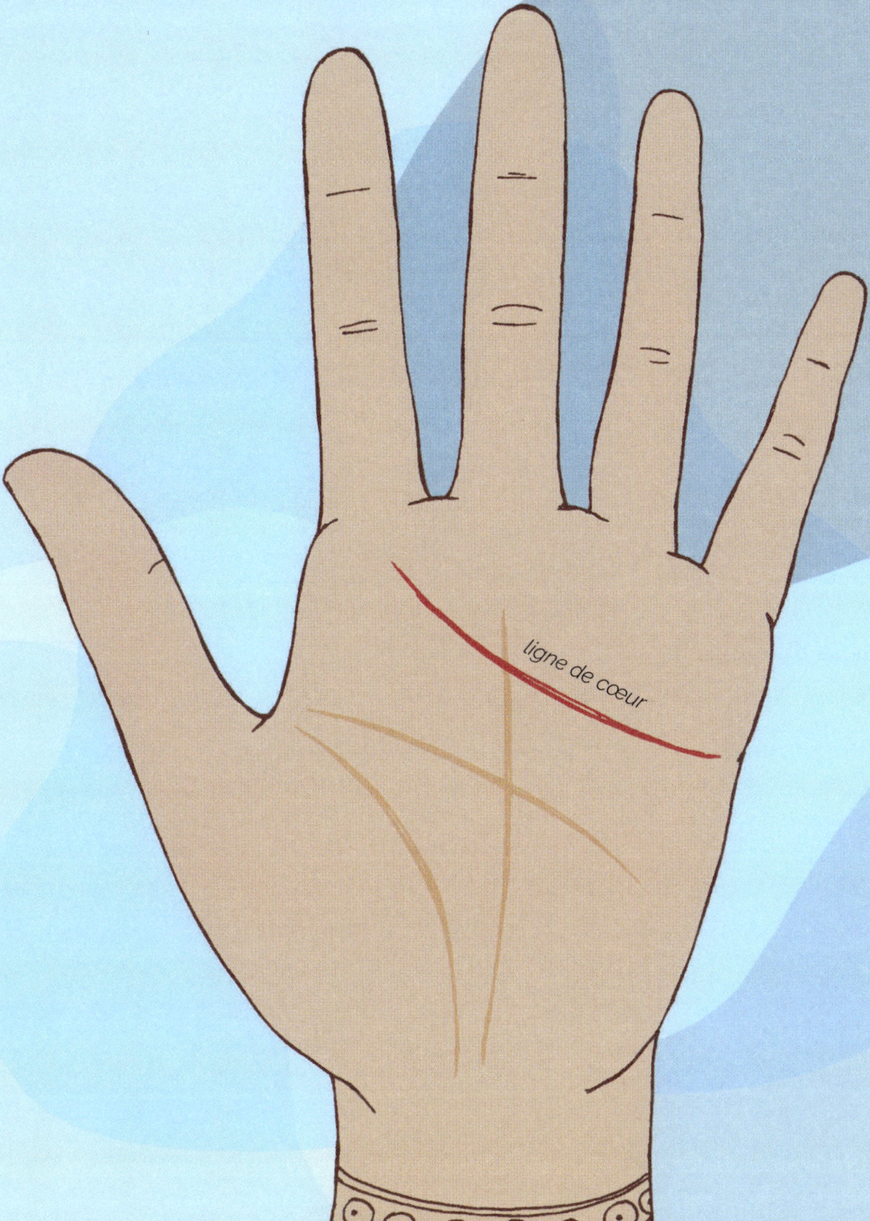
ligne de cœur

LES DÉTAILS DE LA LIGNE DE CŒUR

LA LONGUEUR

Sa taille peut indiquer la vision qu'a la personne de l'amour et de l'amitié.

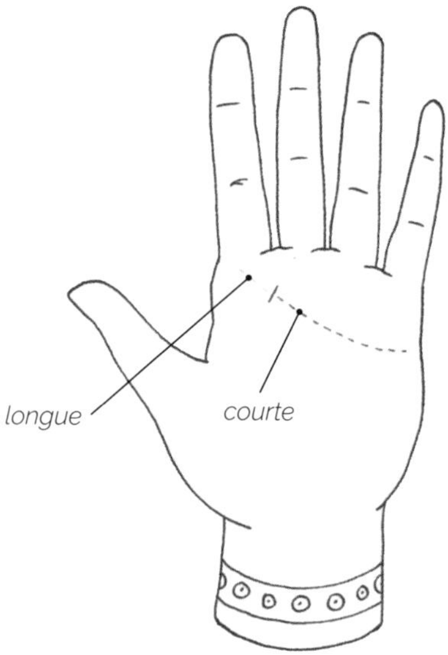

Longue : une ligne de cœur longue se rencontre le plus souvent chez une personne qui entretient de nombreuses amitiés durables. Cette personne constitue un partenaire attentif, a des liens familiaux forts (de sang ou de choix) et apprécie à sa juste valeur le soutien de sa communauté et de son réseau. Elle ne déserte pas en cas de coup dur, soutenant ses amis quoi qu'il arrive avec une grande loyauté et beaucoup de compréhension. Son cercle social s'agrandit sans cesse et elle semble avoir la capacité de se faire toujours plus d'amis ou de connaissances.

Courte : une ligne de cœur courte indique une personne peu sociable, introvertie. Cela ne signifie pas qu'elle est incapable de se faire des amis ou d'entretenir des relations proches, mais simplement que son énergie est destinée à un cercle social et familial restreint. Il peut être difficile de bien connaître les personnes dont la ligne de cœur est courte, car bien souvent leur quota d'amitié et d'amour est atteint. Ce genre de personne n'a probablement pas la patience d'essuyer les tempêtes dans une relation.

LA COURBE

Examinez si la ligne de cœur traverse la paume tout droit ou s'incurve vers le haut ou le bas.

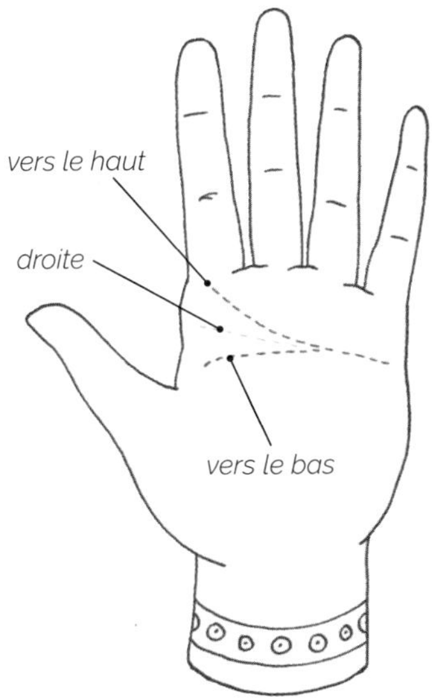

Vers le haut : une ligne de cœur qui part vers le haut témoigne d'une nature romantique. Cette personne est bienveillante et optimiste au sujet de l'amour. Plus la ligne remonte, plus la personne est expressive.

Droite : une ligne de cœur droite indique une personne profondément romantique, mais qui passe du temps à ruminer ses sentiments sans pour autant les partager.

Vers le bas : si la ligne de cœur part vers le bas, cette personne risque de manquer d'estime d'elle, surtout en ce qui concerne les relations. Elle est peut-être hypersensible ou a besoin d'être beaucoup rassurée.

LA QUALITÉ

Le fait que la ligne de cœur se voie à peine ou soit profonde peut en dire long sur l'état émotionnel de la personne.

Effacée : lorsque la ligne de cœur est difficile à voir, la personne peut souffrir d'un déficit d'émotions : elle semble froide ou distante, et a du mal à faire confiance. Elle évite les situations trop intime. Ses relations restent strictement physiques, ce qui ne permet pas d'attachement durable. Ce genre de personne est dirigée par la pensée rationnelle : c'est la tête qui règne, et non le cœur.

Profonde : une ligne de cœur profonde reflète des émotions profondes. Cette personne ressent les choses avec force et engage beaucoup d'énergie dans ses amitiés, ses relations familiales et amoureuses. Elle agit de manière très directe trop intime et laisse aisément voir ses sentiments. Avec ce genre de personne, pas de mauvaise surprise, on sait tout de suite à qui l'on a affaire !

LES DÉTAILS DE LA LIGNE DE CŒUR

L'ASPECT

N'oubliez pas d'observer le tracé de la ligne de cœur.

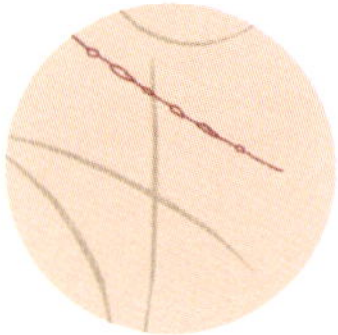

Maillons : une ligne de cœur constituée de maillons est souvent présente chez quelqu'un dont les émotions ne sont pas claires. Elle ressent profondément une chose un jour, puis change rapidement d'avis. Elle a l'impression d'être sur des montagnes russes émotionnelles, et ses partenaires risquent fort d'en ressentir les effets. Ce genre de personne apprécie la passion des nouvelles idylles, mais se lasse dès que la relation s'ancre dans le réel, et reporte son intérêt sur quelqu'un d'autre avant même d'avoir mis un terme à son histoire.

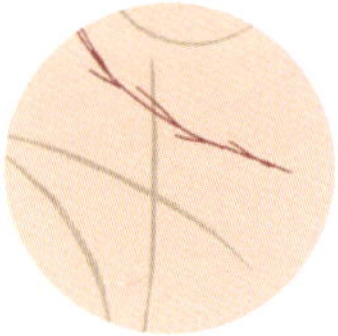

Branches : une personne dont la ligne de cœur se présente comme une sorte de rameau est particulièrement appréciée, elle parvient à se lier d'amitié avec toutes sortes de personnes de tous horizons. C'est le caméléon social, qui passe de groupe en groupe, toujours à l'aise et bienvenu. Ce genre de personne a tendance à flirter, pour entrer en contact avec l'autre, même brièvement, pour savourer le frisson et le plaisir d'échanges provocateurs mais inoffensifs.

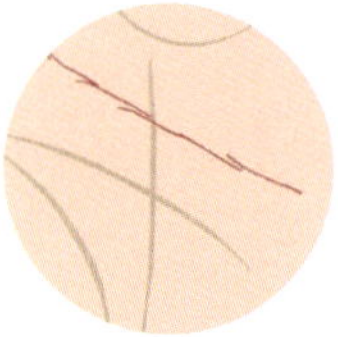

Fragmentée : une ligne de cœur non continue peut indiquer une incapacité à s'engager. La personne a beaucoup d'amis, mais peu de relations durables ou autres que superficielles. Du côté sentimental, elle enchaîne sans doute les relations, en changeant d'avis après l'excitation des débuts, car construire quelque chose ne l'intéresse pas. Ce genre d'ami n'est pas très fiable : il est assidu quand il a besoin de quelque chose, mais ne rend pas la pareille.

LA POSITION

L'endroit où se situe la ligne de cœur est aussi un indicateur à prendre en compte.

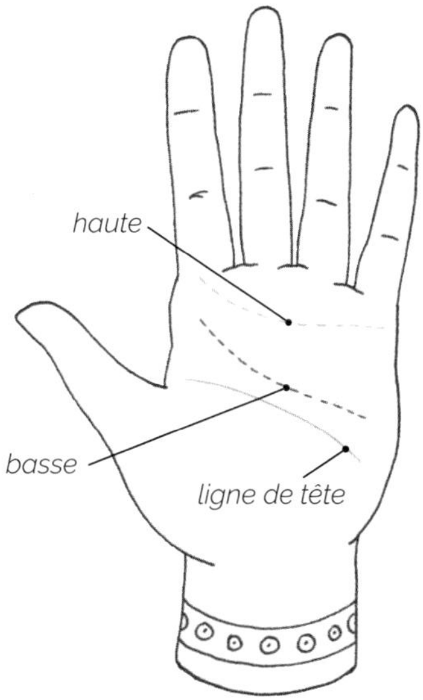

Haute : lorsqu'une ligne de cœur se situe haut sur la paume, proche des doigts, la personne peut avoir du mal à déceler ses émotions, qu'elle a tendance à réprimer trop profondément. Si ce n'est pas le cas, elle peut avoir du mal à exprimer ce qu'elle ressent et cela donne l'impression qu'elle est froide et insensible, alors qu'elle n'arrive simplement pas à atteindre les recoins de son cœur.

Basse : une ligne de cœur basse, juste au-dessus de la ligne de tête, peut signaler une personne passionnée, qui ressent les choses avec force, surtout dans les relations amoureuses. Cet état émotionnel peut tourner à la jalousie, à la méfiance ou se muer en tempérament colérique lorsqu'il y a conflit avec un partenaire. D'un autre côté, cette ligne basse peut résulter d'un traumatisme lors d'une relation précédente, qui a poussé la personne à enfouir profondément ses émotions. Dans ce cas, la personne met plus longtemps à partager son intimité avec ses amis ou ses partenaires, car elle a peur de se rendre vulnérable.

LA LIGNE SIMIENNE

Concentration + Motivation + Intransigeance

La ligne simienne est plutôt rare mais elle est importante à repérer car elle peut donner des informations précieuses. Il ne s'agit pas en soi d'une ligne majeure, mais elle figure dans ce chapitre à cause de sa position et de sa signification. Lorsque la ligne de cœur et la ligne de tête semblent se confondre, on dit qu'il s'agit d'une ligne simienne.

OÙ ?
La ligne simienne est à l'horizontale dans la partie supérieure de la paume et rassemble ligne de cœur et ligne de tête.

SIGNIFICATION
Une ligne simienne peut témoigner d'une personnalité très intense. La personne peut pousser la motivation et l'ambition jusqu'à l'obsession. Obnubilée par ses propres desseins, elle se met en avant, ne prêtant guère attention à ceux qu'elle pourrait affecter sur sa route.

Les personnes qui ont une ligne simienne ont du mal à séparer leurs pensées de leurs émotions. Elles peuvent avoir des idées très arrêtées et ne comprennent pas les autres points de vue, car leur perspective est indéfectiblement liée à leurs sentiments. Elles n'aiment pas les surprises ni les changements de programme, et sont plutôt rigides.

Ce genre de personne ne partage pas ses sentiments et peut avoir du mal à connaître l'intimité émotionnelle dans ses relations amoureuses, à moins de trouver un partenaire incroyablement patient et digne de confiance. Elle fait sans doute passer son travail avant son partenaire à cause de son obsession pour le succès.

Même si ce genre de personne n'est pas facile à vivre, elle peut être de compagnie amusante, surtout quand les choses vont dans son sens : son intelligence, son esprit vif et sa capacité de concentration peuvent mener à des conversations fascinantes.

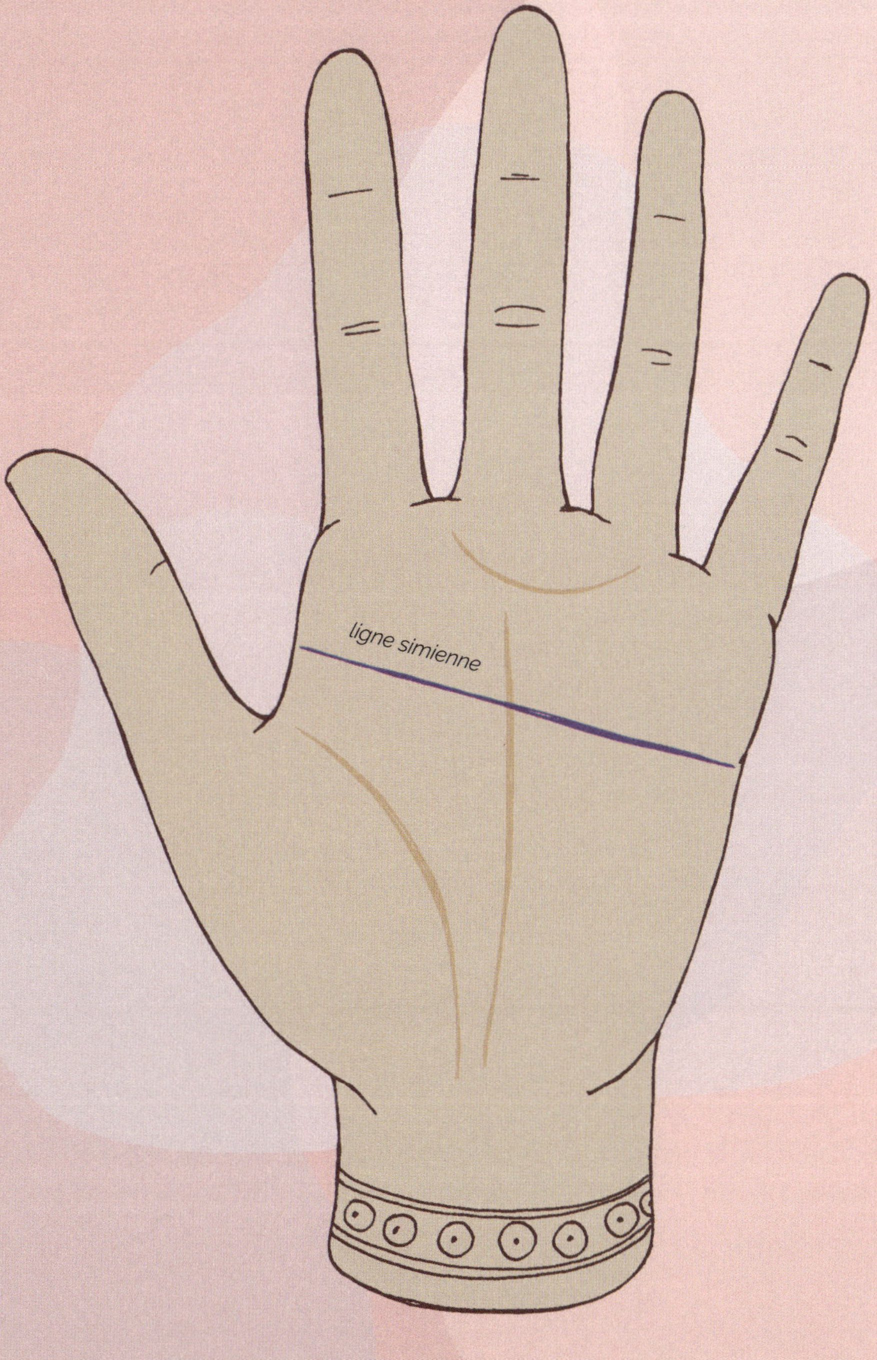
ligne simienne

L'ANNEAU DE VÉNUS

Sensibilité + Passion + Décadence

Il ne s'agit pas d'une des quatre lignes principales, mais cet élément est associé à la ligne de cœur, et parfois on le prend pour une seconde ligne de cœur ; il est donc important de noter sa position et sa signification à ce stade du livre. Il n'est pas présent chez tout le monde et il peut être à peine visible, fragmenté ou bien net.

OÙ ?
Au-dessus de la ligne de cœur, l'anneau de Vénus, ou anneau de Saturne, est une ligne en demi-cercle qui embrasse le majeur et l'annulaire.

SIGNIFICATION
Sa proximité avec la ligne de cœur et sa position en haut de la paume le placent sous le signe des émotions. Sa présence indique souvent une nature très sensible, une personne passionnée et inspirée, à la personnalité sociable, qui entre facilement en communication avec les autres.

Un anneau de Vénus peut aussi signifier que les émotions de cette personne se trouvent sur un plan supérieur, sans lien direct avec ce qui se passe dans la réalité. Son intuition peut être très développée, et elle laisse son cœur prendre les décisions, sans recours à la logique. Cette personne a peut-être tendance à fuir le réel en s'évadant par l'esprit.

L'existence d'un anneau de Vénus peut aussi indiquer une certaine décadence. Cette personne recherche le plaisir dans les bonnes choses de la vie.

Si la ligne est nette et entière, la personne connaît peut-être des émotions extrêmes, des moments d'euphorie suivis de grande tristesse, sans rapport entre les deux. Cela peut aussi indiquer un besoin accru d'échappatoire.

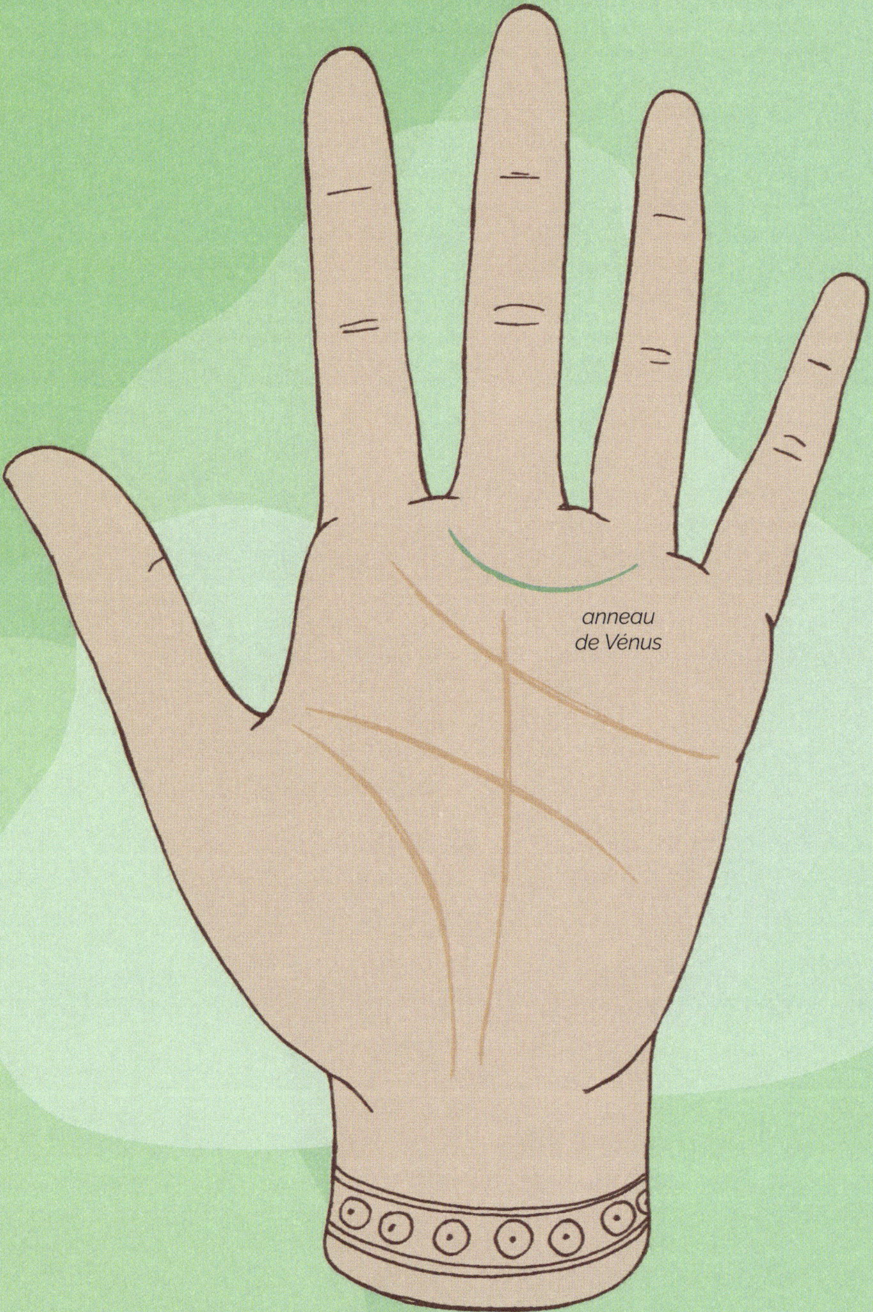
anneau
de Vénus

LA LIGNE DU DESTIN

Caractère + Carrière + Identité

Maintenant que vous avez une idée de la manière dont la paume peut révéler le mode de vie, de pensée et le fonctionnement émotionnel, nous allons passer à la quatrième ligne principale : la ligne du destin, qui cartographie le chemin de l'existence. Elle est associée au caractère de la personne, à ses choix de carrière et à la manière dont elle s'identifie.

OÙ ?

La ligne du destin commence typiquement au centre de la base de la paume, remontant vers le majeur, avec de nombreuses variantes.

SIGNIFICATION

La ligne du destin représente la vision que l'on a de son chemin de vie. Même si certains l'appellent « ligne de la destinée », elle ne fournit pas de prédiction sur l'avenir ou le succès de la personne. Il s'agit plutôt de la manière dont la personne juge son succès et des différents éléments ou choix qui peuvent influer sur son avenir. Le destin n'est pas écrit, nos actions et nos pensées peuvent toujours le modifier.

ÉLÉMENT ASSOCIÉ

La ligne du destin est associée à l'élément feu et se concentre sur l'action, en opposition à la pensée et aux sentiments. L'intensité du feu symbolise le principe de cause à effet : les décisions ou les choix que l'on prend, les résultats ou conséquences qui en découlent. La ligne du destin est notre ligne de feu personnelle, brûlant le chemin à mesure que nous traversons la vie.

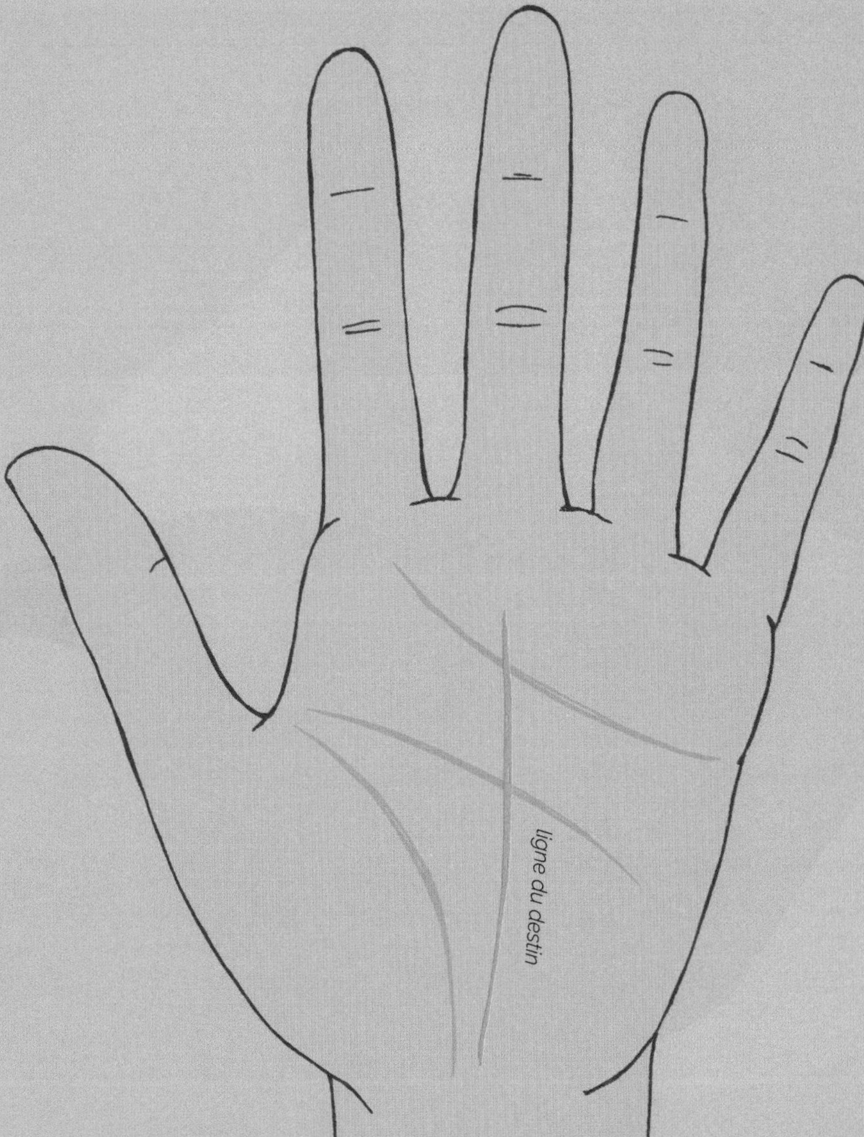
ligne du destin

LES DÉTAILS DE LA LIGNE DU DESTIN

LE DÉBUT

Déterminez où débute la ligne du destin, car cela peut vous éclairer sur ce qu'elle indique.

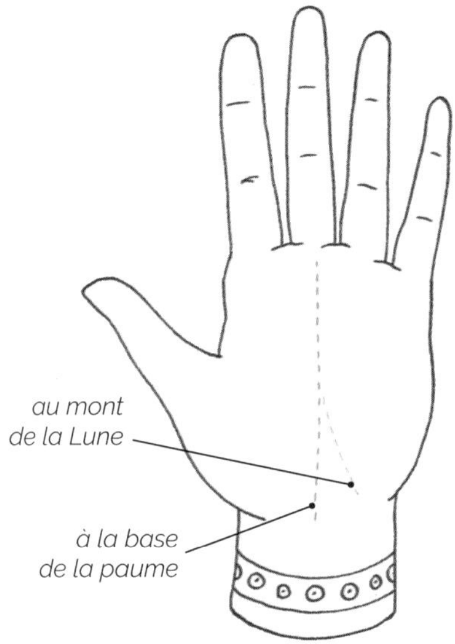

Au centre à la base de la paume : une ligne du destin qui part du centre de la paume près de la base de la main indique une personne qui se connaît bien. Elle a probablement un fort caractère et a su très tôt ce qu'elle voulait dans la vie. Cette personne a des objectifs clairs mais ne laisse pas son ambition éclipser les autres domaines de sa vie.

Au mont de la Lune : quand la ligne du destin commence au mont de la Lune, cela indique que la personne est facile à vivre, adaptable, mais dotée d'un fort désir de faire son propre chemin. Cette personne a sans doute une bonne intuition et une nature sociable.

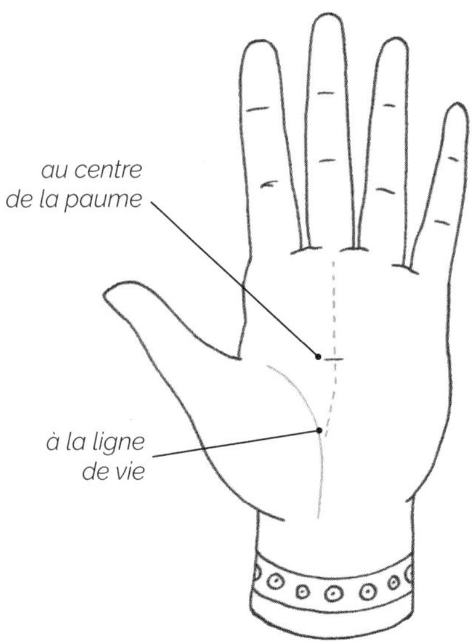

À la ligne de vie : les lignes du destin ne partent pas toujours de la base de la paume, parfois elles démarrent à la ligne de vie. Cela peut indiquer une existence guidée par la sécurité et la stabilité. La trajectoire de la personne peut avoir été tracée par une famille aimante qui l'a aidée, soit financièrement, soit par l'éducation reçue. Les choix de vie de cette personne sont alors dictés par le sens pratique.

Au centre de la paume : si la ligne du destin commence plus haut, cela peut indiquer que la personne a mis du temps à trouver sa place dans la vie. Parfois un événement, ou une expérience, a créé un déclic, lui donnant soudain un but.

LA LONGUEUR

La taille de la ligne dit aussi quelque chose sur la trajectoire de la personne.

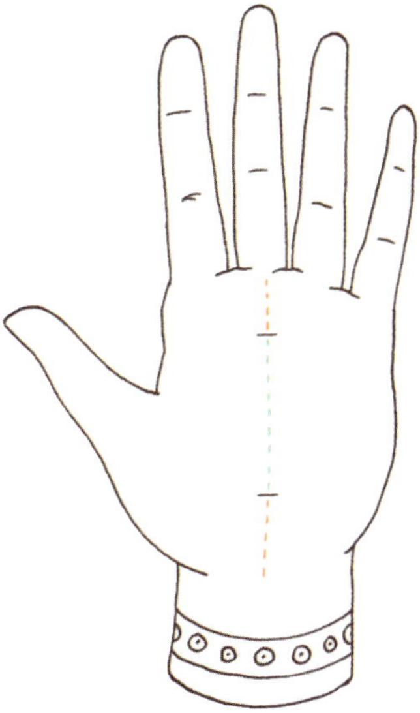

Longue : une ligne du destin longue, qui part de la base de la paume pour aller jusque sous les doigts, témoigne d'un fort sentiment d'identité. Cette personne a des valeurs solides, qui ne fluctuent pas avec le temps. Sa vie peut être imprégnée d'un sentiment de stabilité et il est probable qu'elle bénéficie d'une longue carrière, rencontrant tôt le succès. Il est important pour cette personne de savoir où elle va et elle a souvent une idée claire de ce qu'il lui faudra faire pour parvenir à ses fins.

Courte ou absente : une ligne courte est similaire à une ligne démarrant du centre de la paume. Il a peut-être fallu longtemps à cette personne pour grandir, et si la ligne est très courte il se peut que le processus soit toujours en cours. Cette personne apprend encore à définir quelles sont ses valeurs et quelle direction elle veut prendre. Si la ligne est absente, la personne vit dans une sorte d'adolescence sans fin, ignorant volontairement la sagesse que donnent l'expérience et l'âge, préférant flotter au gré des courants sans se positionner. Elle ne sait sans doute pas ce qu'elle considère comme un succès et a du mal à décider comment s'épanouir dans la vie, préférant expérimenter continuellement, s'essayant à différents métiers pour trouver ce qui lui plaît.

LES DÉTAILS DE LA LIGNE DU DESTIN

LA QUALITÉ

Examinez la nature de la ligne : les marques qui la composent sont, elles aussi, révélatrices de la manière dont la vie de la personne est touchée.

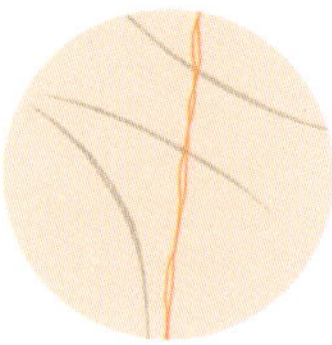

Îlots : si la ligne du destin comporte un ou plusieurs îlots, cela peut indiquer qu'à des périodes de sa vie cette personne n'était pas sûre de savoir vers quoi se diriger. Peut-être avait-elle un emploi dans lequel elle ne s'épanouissait pas ou a-t-elle connu une déception personnelle qui l'a égarée pendant un temps. Cette personne a pu traverser une mauvaise passe, où elle n'avait plus de but dans la vie, ni de motivation. Elle a pu avoir l'impression d'être en roue libre, à la dérive et sans désir de reprendre le dessus.

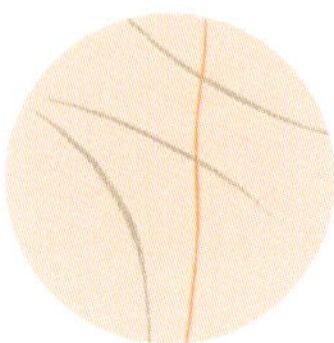

Nette : tout comme une ligne du destin longue, une ligne bien nette indique une grande force de caractère et un fort sentiment d'identité. Cette personne sait clairement où elle veut aller dans la vie et ce qui est important à ses yeux.

L'ASPECT

Le tracé de la ligne représente d'autres aspects du chemin de vie de la personne.

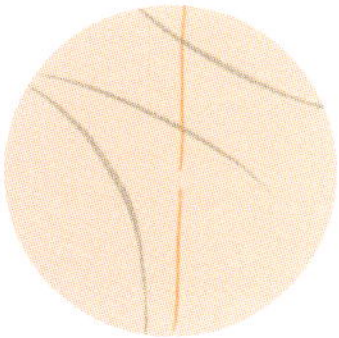

Brisée : une interruption de la ligne peut indiquer un grand changement dans la vie de la personne, une nouvelle carrière ou un bouleversement personnel (séparation, divorce), qui altère profondément la trajectoire de cette personne. Mais même un événement traumatique n'implique pas que sa vie prendra un mauvais tournant, simplement qu'elle empruntera un chemin différent, peut-être plus gratifiant que ce qu'elle avait prévu.

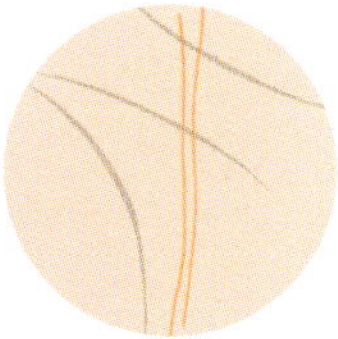

Double : quand une personne a deux lignes du destin, elle se sent souvent tiraillée par ses responsabilités, par exemple si sa carrière a souffert quand elle a eu des enfants et s'est concentrée sur sa famille. Cela peut aussi signifier qu'elle a deux emplois ou que différents trajets menant au succès s'offrent à elle.

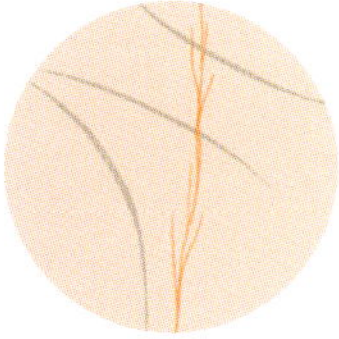

Branches : si une ligne du destin commence par plusieurs traits ou petites branches, la personne peut avoir des intérêts variés et les avoir explorés tour à tour avant de choisir sa voie. Si la ligne du destin est entièrement constituée de petites lignes, la personne peut avoir tendance à se lancer dans diverses voies, sans pousser plus avant, et à en changer fréquemment. Elle est indécise et change d'avis au sujet de ses valeurs.

LES LIGNES MINEURES

On retrouve chez la plupart des gens les quatre grandes lignes de la main, sous une forme ou une autre, mais l'apparence des lignes mineures est beaucoup plus aléatoire d'une paume à l'autre.

Les lignes mineures sont souvent moins marquées, plus difficiles à lire que les majeures et parfois ne sont pas là du tout. Contrairement aux lignes majeures, qui peuvent évoluer au fil du temps, mais de manière lente et très progressive, les lignes mineures apparaissent et disparaissent très facilement.

Une fois que vous avez posé le cadre d'une lecture chiromancienne en examinant les lignes majeures de quelqu'un, passez aux détails que fournissent les lignes mineures et complétez l'interprétation des zones majeures que vous avez déjà examinées. Voici un échantillon de lignes mineures, allant de celles qui sont très communes à celles que l'on ne rencontre que très rarement. Mais toutes sont dignes d'intérêt.

TRÈS COMMUNES

Bracelets :
longévité et chance

Lignes de mariage :
style de relations amoureuses

Lignes des ennuis :
niveau de stress

ASSEZ FRÉQUENTES

Ligne de santé :
santé et vitalité

Ligne du soleil :
joie intérieure

RARES

Ligne de la passion :
caractère passionné

Ligne de l'intuition :
intuition surnaturelle

Ligne de vitalité :
bonne santé et force

Ligne d'allergie :
sensibilité ou besoin
de stimulation physique

Anneau de Jupiter :
perspicacité et intelligence

Anneau de Saturne :
sérieux et pessimisme

Anneau d'Apollon :
blocage créatif

LES BRACELETS

Longévité + Chance

On les connaît aussi sous le nom de rascettes.

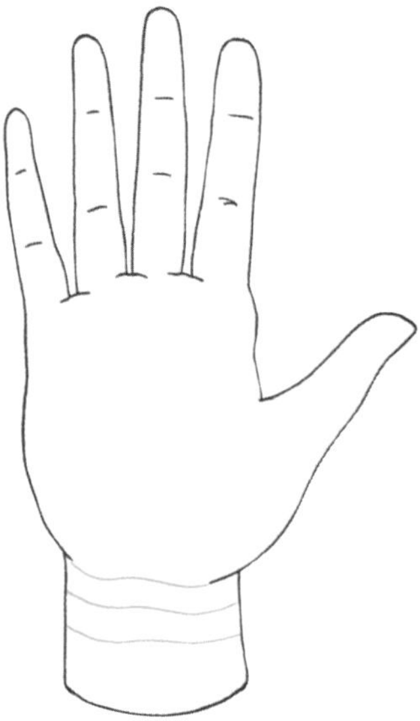

OÙ ?
Ce sont les lignes situées juste sous la paume, formant des bracelets sur le poignet.

SIGNIFICATION
Presque tout le monde a au moins un bracelet, et beaucoup de gens en ont deux ou trois. L'importance accordée à ces lignes varie énormément d'un chiromancien à l'autre. Mais pour ceux qui les trouvent dignes d'intérêt les bracelets sont souvent liés à la longévité. Il est donc plus favorable d'en avoir trois, et plus les lignes sont claires et droites, meilleur est le présage !

On croit aussi que si les bracelets remontent vers la paume, cela peut indiquer des problèmes de santé. Pourles femmes, il s'agit souvent de difficultés de fertilité et de procréation. Pour les hommes, de soucis liés à la prostate.

Certains chiromanciens considèrent que l'apparition de trois rascettes bien nettes augure d'une bonne chance extraordinaire : une sorte de bracelet porte-bonheur. Cette formation annonce que la personne aura une vie enchantée : longue, heureuse et gratifiante.

LES LIGNES DE MARIAGE

Amour + Engagement + Relations

On l'appelle aussi « ligne de l'affection » et beaucoup de personnes en ont plus d'une, tandis que d'autres en sont dépourvues.

OÙ ?

Les lignes de mariage se trouvent sur la tranche de la paume, sous l'auriculaire.

SIGNIFICATION

Malgré leur nom, les chiromanciens modernes les considèrent comme des lignes de relations, car elles ne prédisent pas si la personne se mariera (surtout de nos jours) mais donnent des indications sur la manière dont elle considère l'engagement et l'amour, et les relations en général. Bien sûr, comme beaucoup de lignes mineures, la ligne de relation peut changer au fil du temps.

Une ligne marquée et longue indique que la personne préfère l'engagement long et solide, elle a sans doute une ou des relations monogames de long terme. Une ligne courte, peu marquée ou brisée révèle un passé marqué par des ruptures, des réconciliations, ou des histoires courtes avec différents partenaires. Tout le monde n'a pas de ligne de mariage. Si elle est absente, cela ne prédit pas que la personne ne trouvera jamais son âme sœur. Simplement, établir une relation sérieuse ne constitue pas sa priorité du moment.

LES LIGNES DES ENNUIS

Stress + Souci + Anxiété

Pour ces lignes, prêtez attention à leur profondeur et à leur nombre.

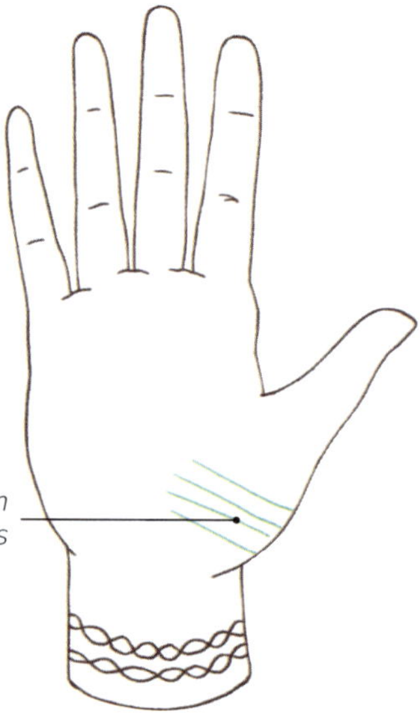

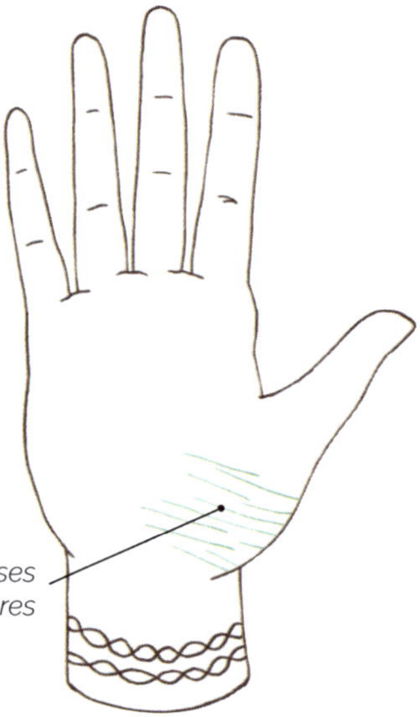

OÙ ?
Les lignes des ennuis traversent à l'horizontale le mont de Vénus, de la base du pouce vers le creux de la paume.
SIGNIFICATION
Peu de gens ont un mont de Vénus vierge de lignes des ennuis. Ce quart de la paume comprend souvent quelques lignes : comptez-les et observez leur aspect. Est-ce qu'il y en a seulement quelques-unes, ou le mont de Vénus tout entier en est-il couvert ? Sont-elles légères ou profondes ?

Lignes bien marquées : plus les sillons sont creusés, plus les ennuis sont sérieux. Une personne dont la paume comporte plusieurs lignes des ennuis bien marquées rencontre sans doute quelques problèmes sérieux. Si le mont de Vénus est sillonné de multiples lignes profondes, la personne n'a pas la vie facile, ou souffre d'anxiété chronique.

Nombreuses lignes légères : plus les lignes sont légères, moins les soucis sont lourds. Avec quelques lignes peu marquées, la personne vit sans doute une existence insouciante, ou a appris à dompter son mental. Lorsque le mont de Vénus est couvert de légères lignes des ennuis, la personne s'inquiète sans doute de multiples tracas mineurs, vivant dans un état de stress latent.

LA LIGNE DE SANTÉ

Santé + Vigueur + Stress

La ligne de santé est aussi connue sous le nom de ligne de Mercure ou ligne hépatique.

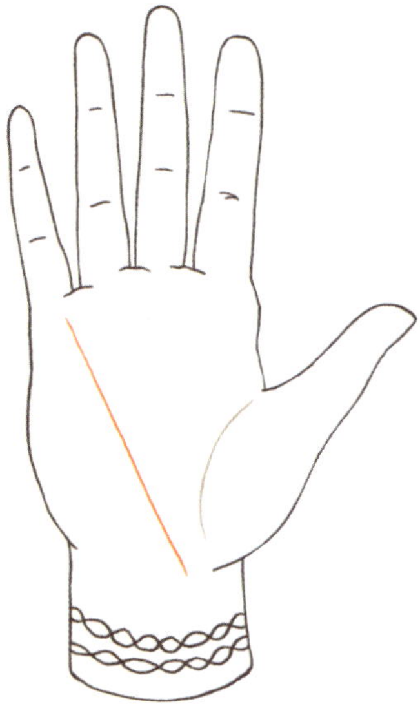

OÙ ?
Quand elle est présente, il s'agit typiquement d'une oblique qui part juste au-dessus du poignet, près de la ligne de vie, et monte en direction de l'auriculaire.

SIGNIFICATION
Même s'il s'agit d'une des lignes mineures les plus communes, on considère que ne pas en avoir du tout est préférable à une ligne de santé faible ou brisée. Une ligne de santé claire et bien tracée indique typiquement une constitution robuste et une endurance hors pair. Elle peut témoigner d'une bonne vitalité générale. Si une personne ayant une ligne de vie faible a une ligne de santé forte, la vitalité de Mercure viendra au secours de la ligne de vie, l'emportant sur le déficit d'énergie.

Si la ligne de santé est peu marquée et brisée, cela indique que la personne est très stressée ou est de nature nerveuse. Les chiromanciens traditionnels considèrent qu'elle a un problème de foie ou de digestion. Une marque sur la ligne de santé, entre les lignes de tête et de cœur, peut aussi signaler des problèmes dans la région de la poitrine.

LA LIGNE DU SOLEIL

Bonheur + Succès + Accomplissement

La ligne du soleil est aussi appelée ligne d'Apollon.

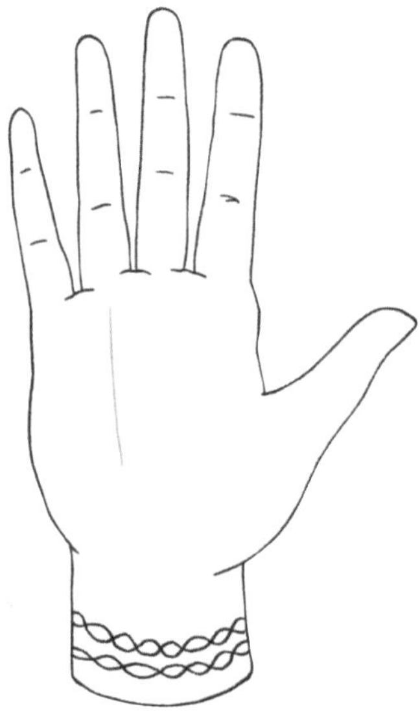

OÙ ?
Quand elle apparaît, la ligne du soleil dessine une verticale depuis la base de l'annulaire. Si la ligne de santé et la ligne du soleil coexistent, il est souvent plus facile de les repérer, mais si une seule est présente il est facile de les confondre : soyez attentif.

SIGNIFICATION
L'existence d'une ligne du soleil indique souvent que la personne possède une grande aptitude à la joie intérieure. Même si cette personne travaille dur, une longue ligne signifie que sa vie est plaisante. La personne peut être dotée d'un talent qui lui apporte beaucoup de satisfaction. Bien des gens pensent que le bonheur vient du succès extérieur (on peut associer cette ligne à la richesse matérielle, à la reconnaissance et à la notoriété), mais cette ligne concerne surtout le sentiment intérieur de contentement.

Ceux qui ont une ligne du soleil sont de nature introspective, avec un don artistique. Ils apprécient les moments de solitude et de réflexion. Une longue ligne du soleil est rare, mais du moment que la ligne commence sous la ligne du cœur et dépasse la ligne de tête la personne connaîtra de nombreux accomplissements.

LA LIGNE DE LA PASSION

Passion + Sexualité + Créativité

Comme de nombreuses lignes, celle-ci se prête à de multiples interprétations, mais une chose est sûre : elle passionne les foules !

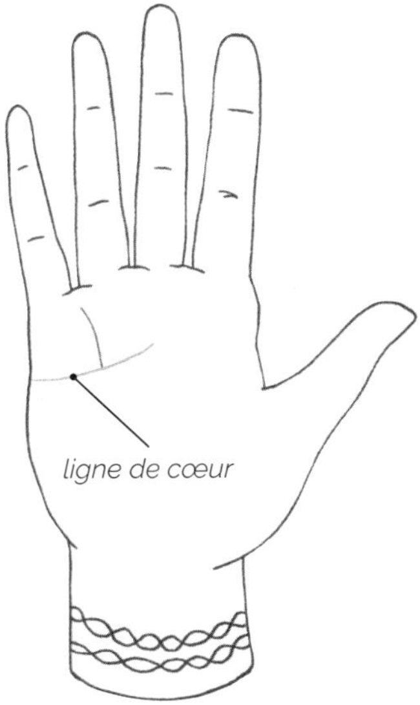

OÙ ?
La ligne de la passion est un pli en biais qui part du milieu de la ligne du cœur et se termine entre l'auriculaire et l'annulaire.
SIGNIFICATION
Quand elle existe, la ligne de la passion indique bel et bien une nature passionnée, mais les modalités selon lesquelles elle s'exprime font débat parmi les chiromanciens. Certains croient que cela concerne directement la sexualité, que les personnes ayant une ligne de la passion sont intéressées ou excitées par les aspects visuels : elles choisissent souvent des partenaires pour lesquels elles ont une attirance physique, mais cela ne signifie pas forcément que leur vie amoureuse est spécialement intense.

Certains chiromanciens pensent que la ligne de la passion doit être assimilée à un intérêt particulier ou à une tendance générale à la créativité. Cette personne est sans doute passionnée par son travail, et s'y consacre pleinement. Elle est animée d'un vrai désir de réaliser quelque chose, et cette authenticité est ressentie par les autres et fait avancer la cause qu'elle défend. Cela rend son travail plus efficace ou lui permet de transformer sa passion en une activité rémunératrice.

LA LIGNE DE L'INTUITION

Instinct + Spiritualité + Curiosité

La ligne de l'intuition est aussi connue sous le nom de ligne de l'esprit.

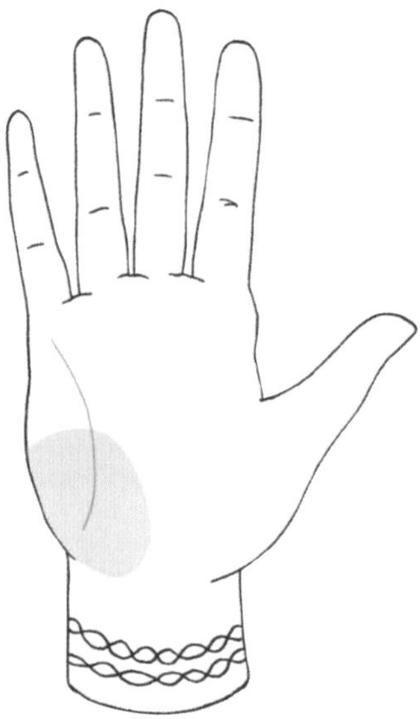

OÙ ?
Quand elle est présente sur une paume, elle part du côté du petit doigt, sur le mont de la Lune, et s'incurve vers le centre de la paume, puis revient en direction de l'auriculaire.

SIGNIFICATION
La présence de la ligne d'intuition dénote une personne fortement connectée à son intuition. Souvent, cette ligne est discrète, fragmentée ou composée de maillons, mais plus elle est distincte, plus la personne est en harmonie avec ses instincts. Si elle choisit d'écouter et de travailler cette tendance, elle aura un accès direct à sa sagesse intérieure.

C'est le genre de personne qui « sent » les choses ou « sait » sans comprendre pourquoi. Elle pressent les événements, est capable de prédire des choses ou ressent ce qui arrive à ses amis et à ses proches, même quand ils sont loin. Sa capacité à sentir l'invisible peut lui donner un côté très spirituel. Elle est susceptible d'explorer les méthodes divinatoires et de communication ésotérique : tarot, psychisme, voyance, capacités de médium.

LA LIGNE DE VITALITÉ

Détermination + Force + Conviction

La ligne de vitalité est aussi appelée ligne de Mars.

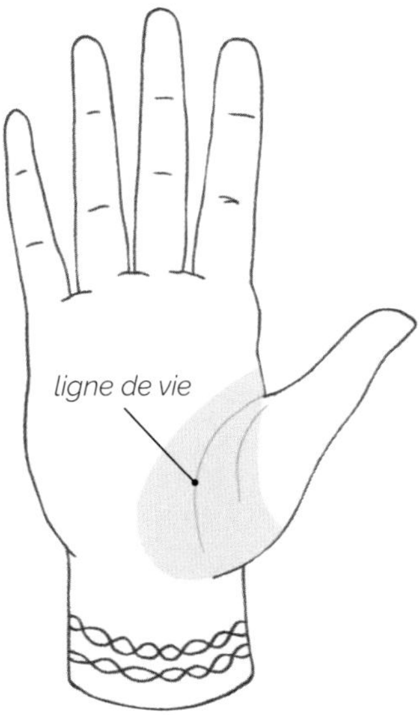

OÙ ?

Quand elle est présente, la ligne de vitalité apparaît près de la ligne de vie, à côté du pouce : c'est typiquement une ligne courte qui forme une courbe descendante en direction du mont de Vénus.

SIGNIFICATION

Comme la ligne de santé, la ligne de vitalité est associée à une force et une vigueur exceptionnelles. Mais, contrairement à la ligne de santé, l'existence d'une ligne de vitalité indique d'emblée une bonne constitution. Cette personne peut exceller dans un domaine sportif ou montrer des aptitudes dans un domaine qui nécessite à la fois force physique et force de caractère. Elle aime les défis, qu'elle relève souvent avec succès.

La ligne de vitalité est aussi représentative de l'état mental : la personne aura sans doute l'esprit de compétition, ce qui la prédispose naturellement à une carrière d'athlète. Mais, même si elle ne participe pas régulièrement à des compétitions officielles, elle se lance ses propres défis, se fixant sans cesse de nouveaux défis plus exigeants, et mettant tout en œuvre pour réussir.

LA LIGNE D'ALLERGIE

Curiosité + Stimulation + Sensibilité physique

La ligne d'allergie, aussi connue sous le nom de voie lascive, peut avoir des significations très variées suivant sa formation et la disposition du reste de la paume.

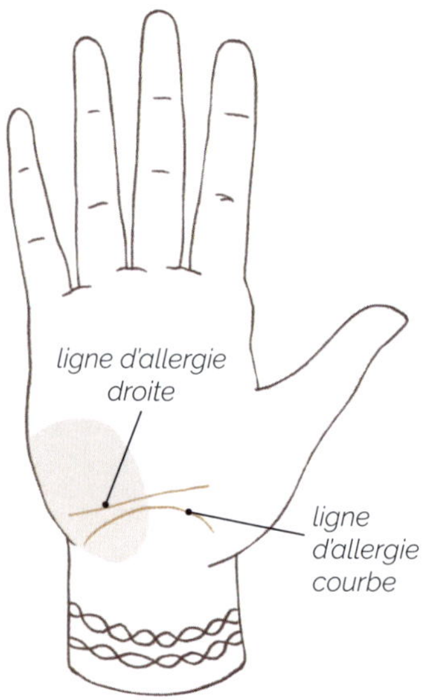

OÙ ?
Quand elle est présente, la ligne d'allergie se trouve sur le mont de la Lune. Il peut s'agir d'un arc de cercle partant du côté de la paume ou d'une ligne plus droite partant vers le mont de Vénus.
SIGNIFICATION
L'existence de cette ligne indique souvent que cette personne a besoin de beaucoup de stimulation et d'excitation, ce qui lui vaut sans doute une autre appellation : ligne de la luxure. Comme pour beaucoup de lignes et de marques, les caractéristiques de la voie lascive peuvent aller dans les deux sens, influençant de manière positive la vie de la personne ou lui créant des obstacles. Cette personne peut avoir une curiosité insatiable, pour laquelle elle trouve des moyens sains de s'exprimer (y compris l'intimité physique). Mais le besoin de stimulation physique peut aussi mener à des tendances destructrices comme l'alcoolisme, la consommation de drogue ou l'addiction au sexe. Cette ligne est aussi connue sous le nom de ligne d'addiction.

Quand la ligne est droite, elle indique plutôt des tendances allergiques, une sensibilité physique. La personne a peut-être un système immunitaire très réactif. Elle risque d'être affectée par certains produits chimiques, médicaments, ou de présenter une allergie alimentaire sérieuse. Par le passé, on l'appelait « ligne du poison », car, l'existence des allergies alimentaires n'étant pas connue, quand une personne avait une réaction allergique sévère, cela menait presque toujours à la mort.

LES ANNEAUX

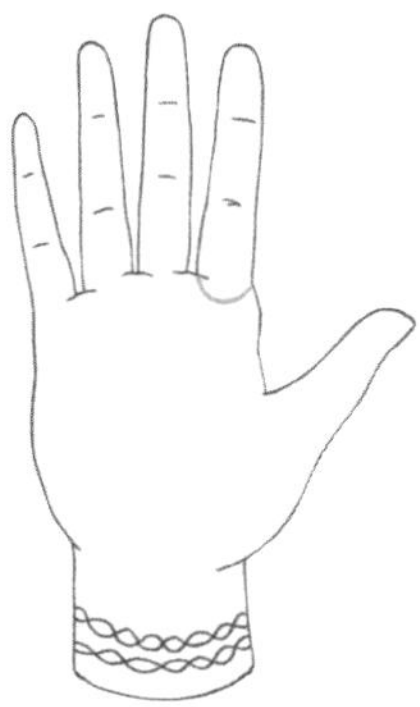

ANNEAU DE JUPITER

Intelligence + Perspicacité

OÙ ?

L'anneau de Jupiter est un arc de cercle ou une ligne à la base de l'index.

SIGNIFICATION

Plutôt rare, il indique une personne qui comprend les autres. Elle est intelligente, tolérante et peut être un bon chef.

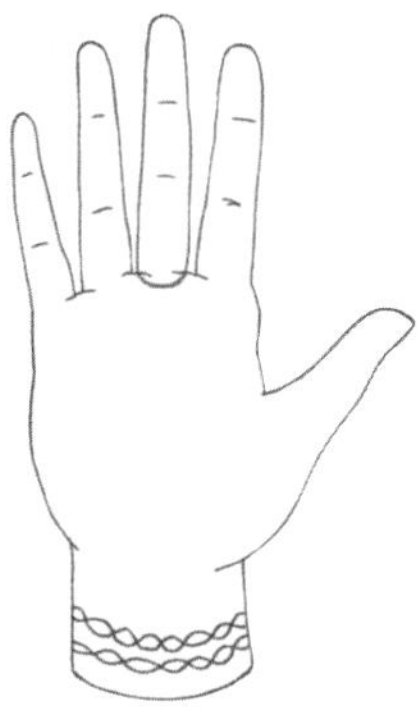

ANNEAU DE SATURNE

Tendance au pessimisme

OÙ ?

L'anneau de Saturne forme un arc de cercle à la base du majeur.

SIGNIFICATION

Également rare, il signale une personne assez négative. Cet anneau bloque l'énergie du majeur, et par conséquent elle a du mal à s'investir dans une voie.

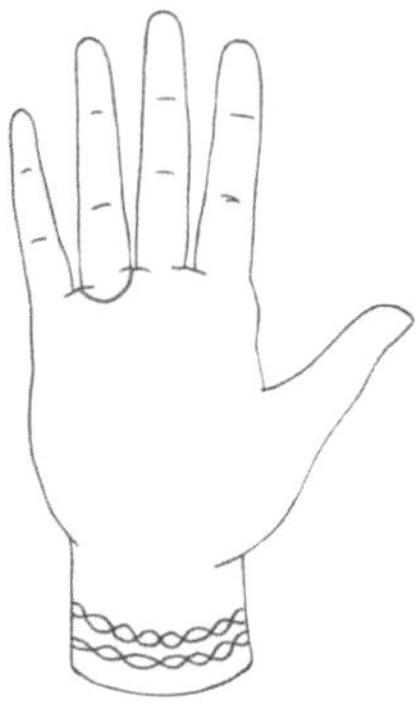

ANNEAU D'APOLLON

Blocage créatif

OÙ ?

L'anneau d'Apollon forme un arc de cercle à la base de l'annulaire.

SIGNIFICATION

Cette ligne rare bloque l'énergie de l'annulaire, ce qui entrave la créativité ou crée un déficit de l'apport positif donné par la connexion aux émotions.

LES MARQUES SPÉCIALES

Il existe beaucoup de formes différentes, de croisements entre les lignes et de formations catégorisées sur les paumes. Presque tout le monde possède l'une ou l'autre, et les identifier permet de donner des détails supplémentaires ou un contexte pour la lecture palmaire. Contrairement à la permanence des boucles palmaires (voir page 126), qui sont comme des empreintes digitales, les marques spéciales vont et viennent.

MARQUES SUR LES MONTS

Certaines marques se rencontrent plus souvent sur les monts de la paume, comme les étoiles, les grilles et les triangles. Quand vous remarquez une marque, n'oubliez pas qu'elle affecte uniquement la zone dans laquelle elle se situe, et il convient donc d'interpréter sa signification uniquement en lien avec le mont sur lequel elle se trouve. Les caractéristiques associées portent uniquement sur ce domaine de la vie.

MARQUES SUR LES LIGNES

D'autres marques se situent plus fréquemment sur les lignes de la main : les îlots, les barres, les tridents. Quand une de ces marques est identifiée, n'oubliez pas d'interpréter sa portée uniquement en fonction de la ligne sur laquelle elle paraît.

POSITIVES OU NÉGATIVES ?

Certaines marques sont considérées comme positives de manière inhérente : un trident, par exemple, est communément accepté comme marque de talent et d'opportunité. Mais même les marques que l'on peut associer à quelque chose de négatif, comme un îlot ou une grille, peuvent conduire la personne à une meilleure compréhension ou à une prise de conscience de ses limites lorsqu'on les lui signale, et donc la pousser à se remettre en question, à changer de voie.

L'ÉTOILE // LE CARRÉ

ÉTOILE

Promesse + Opportunité
+ Bonne fortune

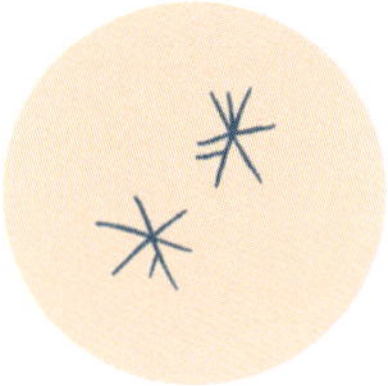

DESCRIPTION

Une étoile est composée d'au moins trois courts traits formant une intersection.

SIGNIFICATION

Le croisement de plusieurs lignes indique une confluence d'énergie, et les étoiles sont perçues comme le signe d'une bonne fortune. L'étoile vient mettre en lumière des talents et des opportunités, suggérant de profiter de l'instant et peut être bénéfique. Mais l'énergie de l'étoile peut aussi être trop forte et éclipser d'autres domaines de l'existence. Maintenir un équilibre, malgré l'excitation que procurent tant de possibilités, est crucial.

CARRÉ

Protection + Preservation

DESCRIPTION

Un carré est constitué de quatre lignes formant un carré de manière isolée ou au croisement de lignes plus longues.

SIGNIFICATION

L'apparition d'un carré indique souvent une protection, surtout s'il se trouve sur l'une des lignes majeures. Cela peut signifier que la personne est capable de surmonter un coup du sort. Ou que malgré des conditions difficiles elle parvient à éviter les écueils ou se voit épargnée des conséquences les plus néfastes.

LA CROIX // LA CROIX MYSTIQUE

CROIX

Conflit + Challenge + Compromis

DESCRIPTION

Quand deux courtes lignes se croisent pratiquement à angle droit, on considère qu'il est intéressant d'analyser cette croix.

SIGNIFICATION

De manière très littérale, l'apparition d'une croix indique un choix de direction à prendre. Elle représente deux flux d'énergie qui se croisent : cela peut impliquer une forme de conflit ou une décision à prendre. On l'associe au compromis : la personne devra peut-être choisir une voie qu'elle n'aurait pas empruntée habituellement. Quoi qu'il en soit, comme toute décision importante, elle change l'avenir de la personne.

CROIX MYSTIQUE

Intuition + Perspicacité

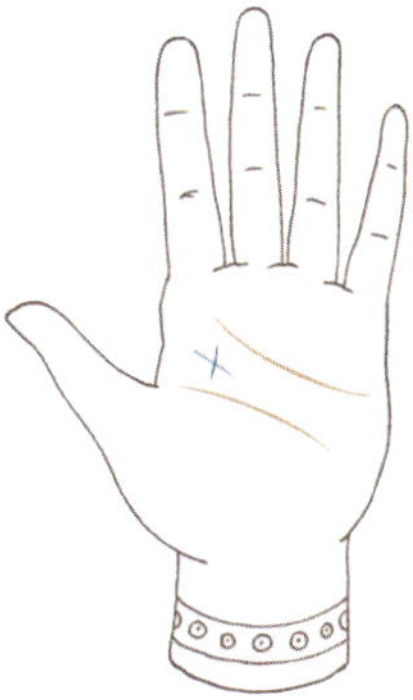

DESCRIPTION

La croix mystique est une croix située entre la ligne de tête et la ligne de cœur.

SIGNIFICATION

Une croix mystique indique que la personne s'intéresse grandement aux pratiques ésotériques – la chiromancie par exemple ! Cette personne est attirée par l'astrologie, transporte un jeu de tarot sur elle et a un sens de l'intuition développé. Si la croix est plus proche de la ligne de tête, la personne met aussi ce penchant en pratique. Si la croix est plus près de la ligne de cœur, il peut simplement s'agir d'une forte superstition.

LES LIGNES VERTICALES // LA GRILLE

LIGNES VERTICALES

Habileté + Réussite

DESCRIPTION

Parfois de petites lignes verticales apparaissent sur la main, typiquement sur un mont.

SIGNIFICATION

Une petite ligne verticale ou une série de lignes, apparaissant sur un mont, prédisent un grand succès ou accomplissement dans un domaine de la vie de la personne. Cette marque est connotée de manière très positive et propulse tout talent ou sentiment d'aisance de cette personne dans la zone de la paume concernée.

GRILLE

Difficulté + Blocage

DESCRIPTION

Une grille est une série de traits s'entrecroisant et formant un motif quadrillé.

SIGNIFICATION

L'apparition d'une grille indique un conflit d'énergies concentrées dans un domaine de la vie de cette personne. Elle se sent peut-être en difficulté dans une des caractéristiques associées au mont sur lequel se trouve le motif ou elle se retrouve influencée par les aspects moins positifs du mont. On considère que c'est la marque d'un blocage causé par une accumulation d'énergies bloquées dans cette zone, ce qui provoque des difficultés ou une stagnation.

LE TRIANGLE // LA BARRE

TRIANGLE
Talent + Compétence

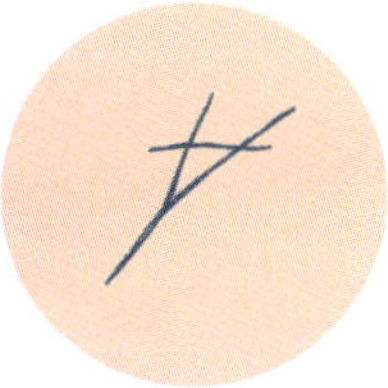

DESCRIPTION
Un triangle est formé de trois lignes qui se croisent : un trait qui traverse une fourche par exemple.
SIGNIFICATION
Le plus souvent, un triangle est connoté de manière positive. Il indique un talent exceptionnel, une compétence dans un domaine qui correspond à la zone de la main sur laquelle il apparaît. Il peut se trouver sur un mont ou à la fin d'une ligne (majeure ou mineure), indiquant de grandes capacités en lien avec cette ligne. Un triangle sur le mont de Mercure, par exemple, peut s'interpréter comme un don inné pour les affaires et pour diriger.

BARRE
Difficulté + Obstacle

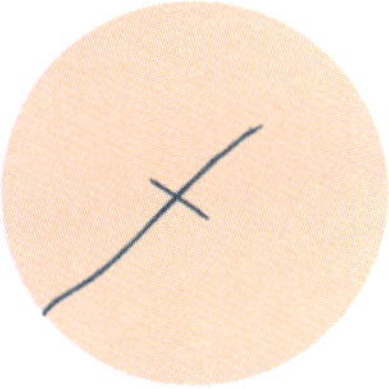

DESCRIPTION
Parfois un petit trait coupe une ligne majeure ou mineure, comme un point de suture sur la ligne principale.
SIGNIFICATION
Lorsqu'un trait apparaît sur une ligne, il indique un blocage énergétique et on y associe souvent une difficulté externe ou une déception, qui détourne le flux énergétique de la ligne. Étudiez la qualité de la ligne principale en amont et en aval du trait qui la barre. Si elle est identique des deux côtés, cette personne va affronter et surmonter l'obstacle. Si la ligne est de moins bonne qualité après le trait, cette difficulté va modifier sa trajectoire.

LE POINT // L'ÎLOT

POINT

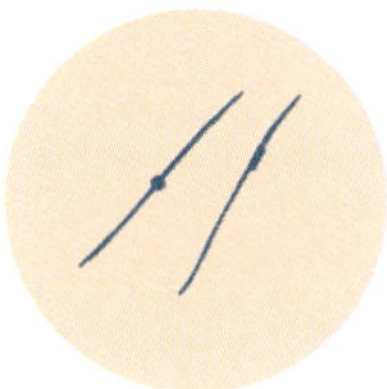

DESCRIPTION

Parfois un petit point, ou un creux minuscule, apparaît sur une ligne majeure ou mineure.

SIGNIFICATION

Sa signification est proche de celle d'une barre (voir page 123) : il indique une interruption dans le flux d'énergie de la ligne. Mais, contrairement à la barre, le point signale quelque chose de très temporaire, une petite pause ou perturbation dans la trajectoire de cette personne, restreinte à la ligne sur laquelle il se trouve. Et, contrairement aux barres, les points sont plus rares et disparaissent plus rapidement.

ÎLOT

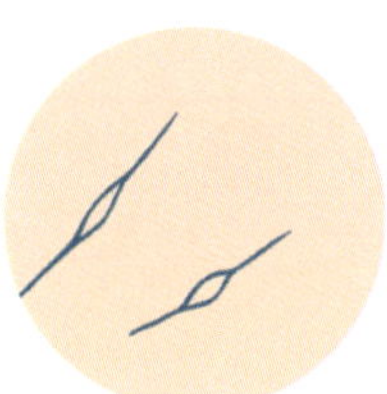

DESCRIPTION

Un îlot est une marque, sur une ligne majeure ou mineure, où la ligne semble se séparer brièvement puis reprendre son tracé, formant une île sur la ligne.

SIGNIFICATION

L'apparition d'un îlot indique une difficulté à affronter, en rapport avec le domaine de la vie concerné par la ligne en question. Un îlot suppose un certain niveau d'inquiétude et de stress. Cet événement marquant sépare la ligne en deux, l'obligeant à trouver le moyen de reprendre son cours. Si quelqu'un fait face à une épreuve de la vie, l'apparition d'un îlot sur une ligne de sa main permet d'illustrer en quoi elle a été le plus affectée.

LA CHAÎNE // LE TRIDENT

CHAÎNE

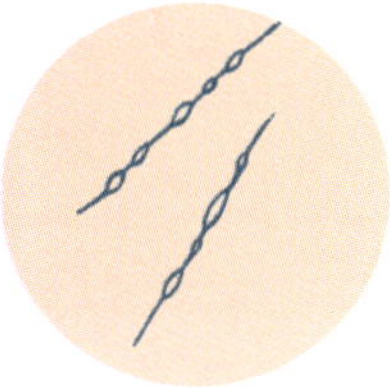

DESCRIPTION

Quand une ligne est composée d'un chapelet d'îlots, on considère qu'il s'agit d'une chaîne.

SIGNIFICATION

Une succession d'îlots indique de nombreuses perturbations dans le flux d'énergie de la ligne concernée. La personne dilapide peut-être son énergie, incapable de concentrer ses efforts, ou souffre d'un stress peu élevé mais constant dans un domaine de sa vie. Cela indique généralement une sorte de faiblesse ou de dispersion du pouvoir de la ligne : distractions, difficultés ou instabilité.

TRIDENT

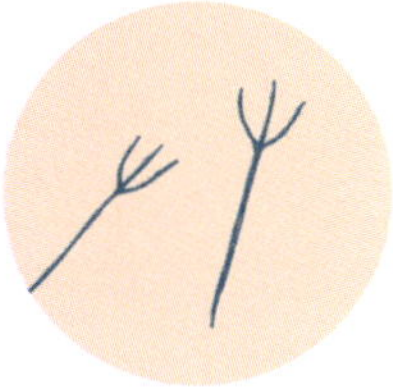

DESCRIPTION

Un trident apparaît en bout de ligne, lorsque deux traits surgissent comme des branches sur les côtés de la ligne principale, créant une fourche à trois dents.

SIGNIFICATION

La formation d'un trident est assez rare, et presque toujours interprétée de manière positive. C'est la marque d'une bonne fortune en relation avec le thème de la ligne : succès, bonheur, chance… Un trident attire l'énergie, les opportunités. Ces branches sont des antennes énergétiques qui se lancent dans l'univers pour attirer le pouvoir de manifestation, les merveilleux hasards et tout un tas de choses fantastiques et positives.

BOUCLES PALMAIRES

Chaque être humain a un ensemble d'empreintes digitales et de crêtes papillaires uniques : ces motifs sont apparus quand nous étions encore dans le ventre maternel. Beaucoup d'entre nous ont aussi au moins une empreinte significative sur la paume. On les appelle boucles palmaires. Comme mes empreintes digitales et contrairement à la majorité des lignes de la paume, ces marques se sont formées dès notre création et ne changent pas au cours de notre existence.

DIFFICILE À REPÉRER

Les boucles palmaires peuvent être particulièrement malaisées à identifier, donc il vous faudra probablement avoir recours à des outils spécifiques comme une lampe et une loupe afin de les repérer. Encrer une empreinte peut être bien utile aussi.

INFORMATIONS SUPPLÉMENTAIRES

Comme les empreintes digitales et les marques spéciales, les boucles palmaires peuvent donner plus de profondeur à une lecture. La signification de la boucle correspond à sa localisation sur la main et peut mettre en lumière certaines caractéristiques de la personne.

BOUCLE DU CHARISME

Leadership + Charme + Pouvoir

Aussi connue sous le nom de boucle de Rajah à cause de son origine indienne, ou boucle de commandement.

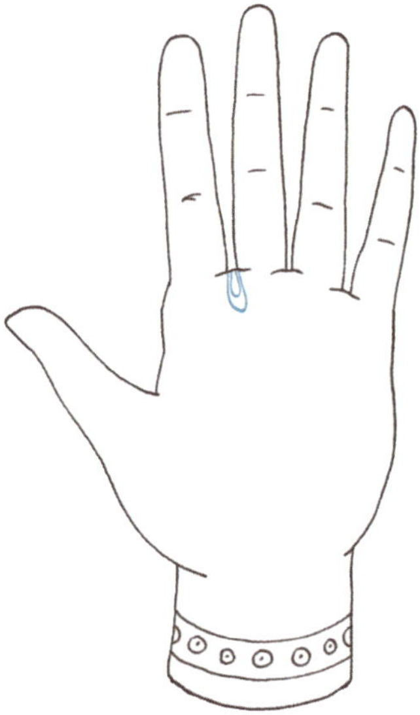

OÙ ?

Cette boucle s'insère dans la paume entre l'index et l'annulaire.

SIGNIFICATION

La boucle du charisme est une marque très rare de la chiromancie védique, où elle indique souvent que la personne est un descendant de sang royal.
En chiromancie moderne, cette boucle témoigne de compétences de direction supérieures. La personne a un don naturel pour inspirer le respect et se hisser jusqu'au sommet de la hiérarchie. C'est le genre de personne qui reste calme même quand elle est sous pression et passe à l'action dès les premiers signes d'une crise.

Cette marque est aussi associée à un fort charisme, à une personnalité magnétique. Cette personne peut avoir un physique avantageux, une personnalité facile et dégage une impression d'importance qui attire les autres et lui assure leur respect. Typiquement, elle a une vie facile et un statut social élevé.

BOUCLE DE VOLONTÉ

Travailleur + Appliqué + Sens pratique

Cette boucle est aussi appelée boucle de bon sens ou boucle d'industrie.

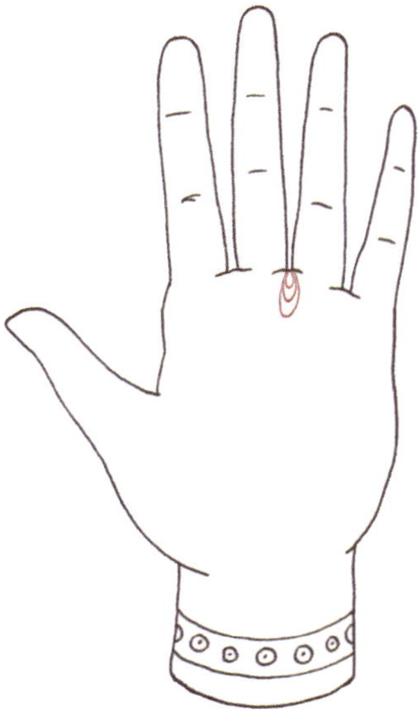

OÙ ?

La boucle de volonté s'insère dans la paume entre le majeur et l'annulaire.

SIGNIFICATION

Une personne qui a cette boucle est travailleuse, elle prend plaisir et accorde beaucoup d'importance au fait de travailler sans relâche. Sans surprise, elle accorde une importance primordiale et beaucoup de temps à sa carrière, qui motive ses prises de décision. Ce genre de personne a aussi un esprit pratique et éprouve un sentiment gratifiant de succès.

Cette boucle est aussi associée à une personne très motivée, qui a clairement cerné ses objectifs et qui œuvre avec plaisir pour les atteindre. C'est le parfait exemple du « bon travailleur », mais pas forcément en tant qu'employé. Elle travaille pour elle et ses aspirations propres, pas pour celles de quelqu'un d'autre. Elle suit de manière logique le chemin qu'elle s'est tracé, s'efforçant de toujours travailler mieux, de manière plus intelligente et efficace.

BOUCLE DU STYLE

Style + Créativité + Présentation

La boucle du style est aussi appelée boucle de vanité, mais sa signification se rapproche plus de la prestance que de l'égoïsme.

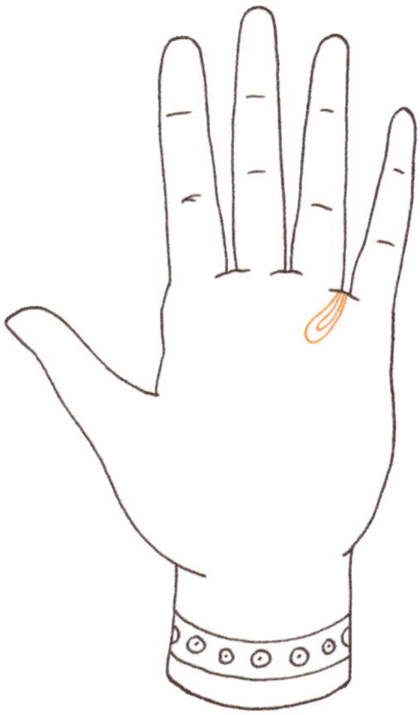

OÙ ?

La boucle du style s'introduit sur la paume entre l'annulaire et l'auriculaire, décentrée en direction de l'annulaire.

SIGNIFICATION

Anciennement nommée boucle de vanité, cette marque, aujourd'hui, ne signale pas quelqu'un qui a une très haute opinion de lui, mais est associée à l'importance accordée au fait de prendre soin de sa personne. Ce genre d'individu s'efforce de maintenir sa forme physique, et son apparence comme l'environnement dans lequel il évolue sont toujours soignés.

Quand la boucle du style apparaît sur une main, vous pouvez déjà vous en douter en voyant la personne. Elle s'habille sans doute de manière harmonieuse et son apparence comme ses choix vestimentaires semblent parfaitement justes. Son point de vue stylistique est souvent unique : on se retourne souvent sur son passage. Son goût pour le design et son intelligence des couleurs sont également parfaits.

BOUCLE DE L'HUMOUR

Joyeux + Espiègle + Joueur

Il ne s'agit pas simplement d'un talent pour raconter des blagues.

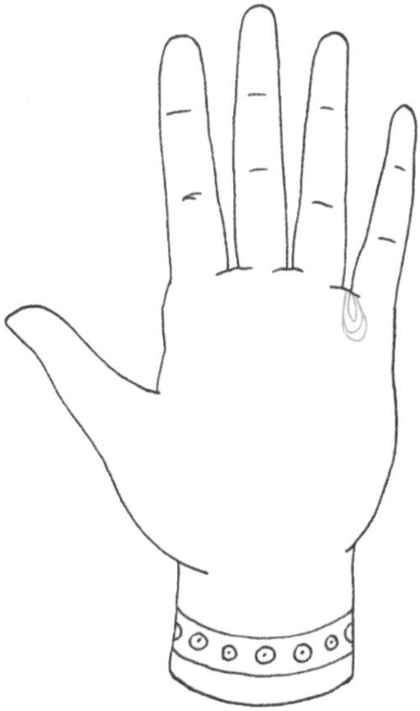

OÙ ?
La boucle de l'humour s'introduit sur la paume entre l'annulaire et l'auriculaire, juste à côté de la boucle du style si une personne possède les deux.

SIGNIFICATION
De manière générale, une personne ayant une boucle de l'humour aura le sens de l'humour et une nature joyeuse et légère. Cette marque sera présente chez quelqu'un qui apprécie les bonnes blagues, les plaisanteries, et qui est drôle. Il a le rire facile, l'esprit jovial et apporte une note positive dans n'importe quelle situation.

Si la boucle est plutôt grande, cette personne a sans doute un côté espiègle et le goût du ridicule. Elle aime les bonnes farces, les canulars, et l'humour outré. Curieusement, cette boucle dénote aussi une affection marquée pour les animaux, surtout si la boucle présente un tourbillon.

BOUCLE DE LA MÉMOIRE

Mémoire + Réminiscence

La boucle de la mémoire, plutôt grande et courante, est associée à la capacité de mémoriser les informations.

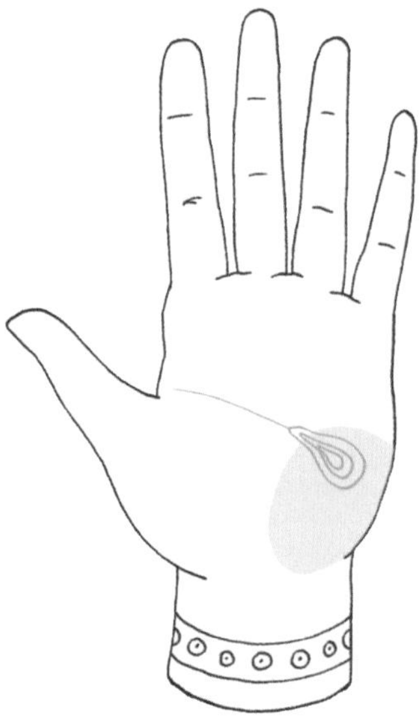

OÙ ?
Il s'agit le plus souvent d'une marque assez large, à la fin de la ligne de tête et qui empiète sur le mont de la Lune.
SIGNIFICATION
Une personne ayant une boucle de la mémoire aura sans doute des facilités pour enregistrer et restituer des informations. En d'autres termes, une très bonne mémoire. C'est le genre de personne qui retient les anniversaires de tout le monde, qui connaît les dates et grands personnages historiques et qui peut réciter poésies et paroles de chansons au pied levé.

Les détails lui reviennent facilement et lui montrer ou lui dire quelque chose une seule fois suffit à le graver dans sa mémoire. Cette capacité à retenir les faits, les souvenirs et les anecdotes en fait de brillants causeurs. Mais, si ces personnes retiennent les bons souvenirs, elles n'oublient pas les mauvais pour autant. Si leur capacité à pardonner n'est pas travaillée, elles peuvent gardent rancune à leurs proches pour des méfaits lointains.

BOUCLE DE LA NATURE

Amour du plein air + Énergie de la terre

La boucle de la nature indique un lien à la terre, sur le plan physique et énergétique.

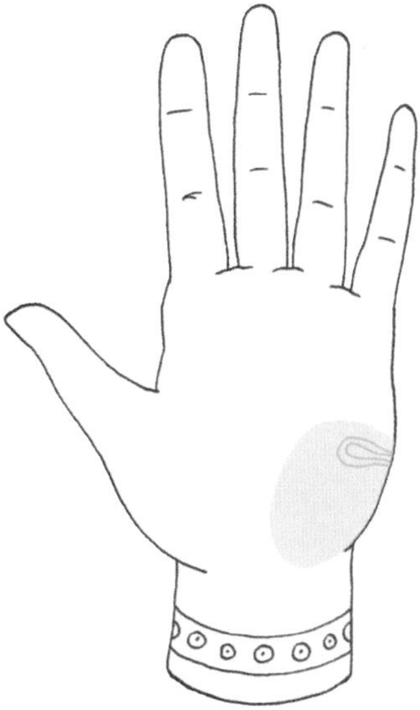

OÙ ?

La boucle de la nature se trouve en haut du mont de la Lune, du côté de l'auriculaire.

SIGNIFICATION

Une personne qui a une boucle de la nature a une affinité profonde pour l'extérieur, en prise avec les éléments. C'est le genre de personne qui part camper le week-end, qui jardine et se sent plus à l'aise à la campagne qu'à la ville. Le fait d'être dans la nature lui donne le sentiment de se ressourcer, de se reconnecter à son corps et de ré-apprendre à apprécier l'existence.

À cause de ce lien fort avec la terre, cette marque peut aussi indiquer que la personne est impliquée dans des causes environnementales. Évoluer en pleine nature lui donne un ancrage, cette connexion avec la planète lui permet de mieux comprendre le lien reliant tous les êtres vivants. Elle utilise peut-être même cette compréhension surnaturelle pour explorer et apprécier les soins de guérison et le travail énergétique.

BOUCLE DE L'EMPATHIE

Compassion + Gentillesse

La boucle de l'empathie, aussi appelée boucle de l'inspiration, indique un désir naturel de comprendre et d'entrer en relation avec les autres humains.

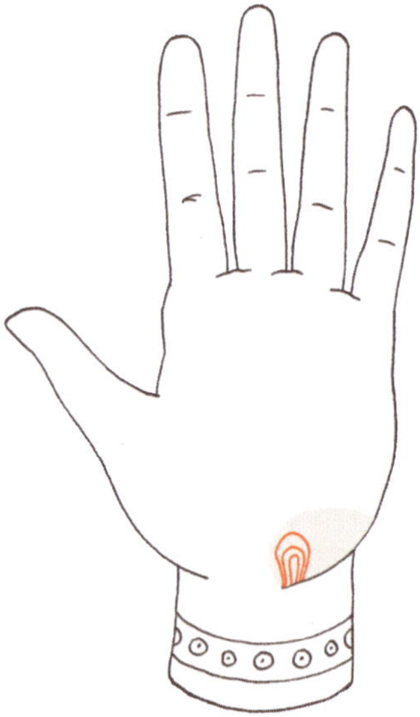

OÙ ?
La boucle de l'empathie s'introduit par le milieu de la base de la paume et s'élève par le mont de Pluton.

SIGNIFICATION
Quand une personne a une boucle de l'empathie, cela indique un cœur profondément sensible et un désir sincère de comprendre les autres. Sa gentillesse et sa générosité sont reconnues de tous.

Ce sont des personnes qui apportent leur aide avec enthousiasme et soutiennent les autres quand ils en ont besoin.
Ce sont les premières à envoyer une carte de condoléances, à tendre la main à ceux qui traversent un deuil ou une mauvaise passe. Elles savent écouter les autres et accueillent les situations et les individus avec attention et bienveillance.

BOUCLE DE LA MUSIQUE

Amour + Talent pour la musique

La boucle de la musique, aussi appelée boucle du rythme, révèle l'amour profond pour toute la sphère musicale.

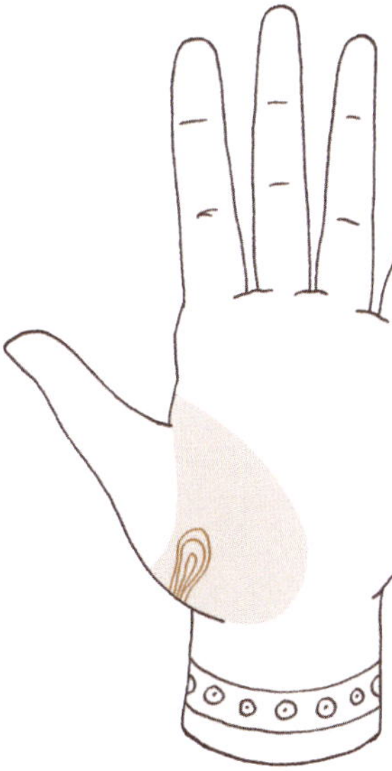

OÙ ?
La boucle de la musique part de la base du pouce et remonte sur le mont de Vénus.

SIGNIFICATION
Une personne dotée d'une boucle de la musique aura un lien fort avec tout ce qui est musical. Elle ne développera pas forcément un talent particulier dans ce domaine, mais la musique aura néanmoins tendance à la toucher plus profondément que la plupart des gens. Cet amour de la musique sera souvent une passion qui définira sa personnalité. C'est le genre de personne qui aura toujours un casque sur la tête, à la recherche de nouveaux sons, de nouveaux groupes, toujours prête à assister à un concert.

Même si l'association primaire est une forte attraction pour la musique, la présence de cette boucle peut aussi indiquer que la personne est particulièrement douée dans ce domaine, pour jouer d'un instrument, chanter, danser ou composer.

CHAPITRE 4 : LIRE ET INTERPRÉTER

À présent, vous avez pu vous faire une bonne idée de la signification des différentes marques présentes sur les mains. Mais la chiromancie ne se résume pas à une somme de connaissances. C'est tout un art. Ce chapitre aborde divers aspects qui vous aideront à passer de la théorie à la pratique.

UNE EXPLORATION DE SOI

Ce qui est merveilleux, entre autres, avec la chiromancie, c'est qu'elle donne l'occasion de pratiquer l'introspection. Prendre simplement un peu de temps pour étudier ses traits de caractère, ses motivations est un outil de développement personnel puissant. Cette observation est valable aussi bien si vous lisez vos propres paumes que si vous aidez quelqu'un à explorer les siennes.

DE BONNES BASES

Quelques préparatifs vous aideront à rendre votre pratique de chiromancie bien plus efficace. Outre une liste de matériel qui vous sera utile, vous apprendrez à mettre en place un environnement propice à une lecture perspicace et attentive.

PAS À PAS

La lecture des lignes de la main est un acte très intime, qui peut prendre différentes formes, mais, pour commencer, cette partie vous guidera pas à pas dans ce processus, pour vous aider à mieux comprendre les objectifs de l'exercice et les meilleurs moyens d'y parvenir.

LA CHIROMANCIE COMME OUTIL DE COMPRÉHENSION DE SOI

Vous avez peut-être pris ce livre simplement pour vous amuser ou dans le but de lire les lignes de la main à vos amis, mais la chiromancie est aussi un outil puissant de découverte de soi.

Lire vos propres paumes est un bon moyen de débuter pour vous familiariser avec les zones de la main, ses différentes lignes et marques. Comme d'autres méthodes divinatoires – tarot, astrologie, etc. – utiliser la grille d'interprétation de la chiromancie pour explorer sa propre personnalité et approche de la vie peut être révélateur. On croit parfois savoir qui l'on est, mais la version racontée par nos paumes peut bouleverser nos idées préconçues et nous aider à adopter un point de vue différent sur ce qui est important et sur la direction à prendre. Pour tirer le maximum de bénéfices de cet exercice, quelques points sont à garder à l'esprit.

GARDER SON OBJECTIVITÉ

Bien sûr il est difficile d'interpréter de manière objective la disposition de ses propres paumes. On est naturellement prédisposé à voir les marques qui confirment ce que nous pensons être et l'histoire que nous calquons sur nos expériences. Mais essayez de lire votre paume d'un œil neuf. Il ne vous est pas possible d'examiner votre paume comme si c'était celle d'un inconnu, mais vous pouvez essayer de faire un pas de côté, cela rendra l'expérience plus fructueuse.

GARDER L'ESPRIT OUVERT

Cela découle du conseil précédent. Si vous êtes capable de mettre de côté vos préjugés, l'étape suivante consiste à accueillir ce que vos mains vous disent avec une grande ouverture d'esprit, même quand les informations sont difficiles à accepter, contre-intuitives par rapport à l'image que vous avez de vous. Nous sommes des êtres complexes, changeants et bourrés de contradictions. Rester ouvert vous donnera la possibilité de mieux comprendre qui vous êtes et qui vous pouvez devenir.

NE PAS S'ATTENDRE À DES PRÉDICTIONS

Même si par le passé la chiromancie passait pour avoir une valeur prédictive, lire les lignes de la main ne s'apparente pas à lire le dernier chapitre avant d'avoir fini le livre. Décrypter les lignes et les marques peut éclairer la finalité de la voie que vous suivez, mais rien dans la vie n'est fixé. Chacun crée son avenir, et apprendre à lire les paumes peut simplement aider à le faire de manière plus intentionnelle.

ACCUEILLIR L'EXPLORATION

Lire ses propres paumes est un exercice qui demande de se montrer compréhensif. C'est un moyen de regarder de plus près nos traits de caractère et la manière dont ils nous aident ou nous desservent, ou nous limitent. Cela permet de réfléchir à nos comportements, nos croyances, et parfois cela mène à remettre en question notre approche pour être la meilleure version de nous-mêmes. Essayez de mener une exploration empathique, pour vous permettre de faire évoluer votre pensée et votre comportement dans le bon sens.

S'ENTRAÎNER POUR S'AMÉLIORER

En chiromancie, la perfection n'existe pas. Bien des chiromanciens interpréteraient la même ligne de différentes manières. Mais plus vous vous livrerez à cet exercice, plus vous aurez une vision affûtée et développerez votre intuition pour lire de manière plus efficace. Pour vous entraîner, vous trouverez des dessins de paumes aux pages 148-157.

LES OUTILS NÉCESSAIRES

En soi, cette activité ne demande qu'une main à examiner, un peu de temps et quelques connaissances. Mais certains outils sont appréciés des chiromanciens pour leur efficacité. Il s'agit de petit matériel qui permet de mieux voir et de mieux repérer les marques de la main.

Une loupe : les empreintes digitales et autres détails de la main et des lignes palmaires peuvent être difficiles à déchiffrer à l'œil nu, il est aisé de passer à côté de quelque chose. Une loupe permet de voir plus facilement comment une ligne est formée ou une marque spéciale peu visible autrement. Si vous ne devez retenir qu'un seul outil, c'est bien celui-ci.

Une lampe : une petite source de lumière portable est aussi indispensable. Une petite torche à LED est généralement ce qu'il y a de plus pratique. Si vous voulez combiner ces deux outils, on trouve des loupes avec une lumière intégrée sur le pourtour. Sinon, assurez-vous d'avoir une autre source lumineuse à disposition, ne serait-ce que la fonction torche de votre téléphone portable.

Une règle : un simple double décimètre vous aidera à être plus juste dans votre évaluation de la taille de la main, des doigts et des phalanges. Cet accessoire vous permettra aussi d'évaluer certains détails.

Un carnet/modèle : il vous faut un support où noter ce que vous voyez, donc il vous faudra sans doute un carnet. Beaucoup de chiromanciens utilisent aussi une sorte de modèle pour garder la trace de leurs lectures, surtout quand ils ne font pas d'empreintes. Un modèle de main vous permettra de prendre des notes brèves pendant la lecture, pour ne pas uniquement vous fier à votre mémoire, ce qui est difficile au départ.

Un feutre fin : logiquement, il vous faut un stylo pour prendre les notes, mais il peut aussi être utile de montrer certaines choses à la personne dont vous étudiez la paume, par exemple en accentuant une ligne pour montrer exactement de quoi vous parlez.

MÉNAGER UN ESPACE PROPICE

Il est important de s'installer dans un espace qui est favorable à la réflexion et à l'introspection, que ce soit pour lire la paume de quelqu'un ou pour explorer la vôtre. Voici quelques conseils pour tirer le plus de bénéfice de cette expérience

Un environnement calme. Un endroit calme et propre, bien éclairé et baignant dans une ambiance douce rend l'exercice bien plus agréable.

Un environnement dégagé. Vous devez disposer d'une surface dégagée pour examiner la paume, afin que votre esprit ait l'espace nécessaire pour penser et se concentrer pleinement.

Des outils à portée de main. Une surface dégagée vous permettra aussi d'y disposer vos outils, afin qu'ils soient accessibles à n'importe quel moment de la lecture.

Des mains propres. Si vous examinez vos propres mains, c'est moins important, mais il est toujours bon d'un point de vue énergétique de commencer par faire table rase et c'est ce que l'on fait en se lavant les mains. Si vous lisez la paume de quelqu'un, il faut impérativement vous laver les mains, surtout si vous avez déjà procédé à l'exercice sur d'autres mains.

En face à face. Une lecture des lignes de la main est un moment intime, où la personne peut se sentir vulnérable, aussi vaut-il mieux le faire sans spectateurs.

Un bon feeling. Commencez par élever la vibration énergétique avec des odeurs apaisantes et des éléments choisis : vous pouvez brûler de l'encens, diffuser des huiles essentielles, allumer des bougies ou disposer des cristaux. Si vous lisez la paume de quelqu'un, prévoyez un petit plateau où elle pourra placer les bijoux qu'elle aura retirés.

Un moment agréable. C'est votre énergie qui guide la lecture. Même s'il s'agit de votre propre main, portez-y un regard curieux, émerveillé et enthousiaste : l'expérience n'en sera que plus bénéfique.

© COPY RIGHT ALL PROPER

PAR OÙ COMMENCER ?

Une fois que vous aurez créé un environnement calme et accueillant, empli de bonne énergie, vous serez prêt à explorer des paumes. Mais vous avez tant de choses à examiner, tant d'informations à rassembler : par où commencer ? Voici un petit résumé que vous pouvez utiliser comme toile de fond qui vous aidera à comprendre la progression de ce processus. Si vous étudiez vos propres paumes, ignorez simplement les deux premières étapes pour passer à l'analyse proprement dite.

1// OBSERVATION
Commencez par observer les mains et les mouvements que la personne fait avec elles. Est-ce qu'elle gesticule ou au contraire les bouge-t-elle très peu ? Prêtez attention à la manière dont elle place ses mains et où elle les met lorsqu'elle parle.
2// CONNEXION
Prenez doucement les mains de la personne entre les vôtres pour établir un contact énergétique. Prenez un moment pour vous familiariser avec ces mains, en observant le dos, puis la paume. Si quelque chose vous saute aux yeux, notez-le.
3// TOPOGRAPHIE
D'abord, examinez la topographie de la main, pour prendre en compte ses aspects physiques : sa forme, son toucher, sa souplesse, les zones plus marquées.

Forme de la main : identifiez d'abord la forme et reliez les caractéristiques de la personne à un des quatre éléments.
Taille, texture, couleur : prêtez attention à l'aspect et au toucher des mains. Est-ce qu'elles semblent grandes ou petites par rapport à la stature de la personne. Touchez la paume du bout des doigts pour sentir la texture de la peau. Est-ce que les paumes ont une teinte pâle ou soutenue ?.
Doigts : faites bouger délicatement les doigts. Examinez leur forme : à quelle catégorie appartiennent-ils ? Sont-ils tous semblables ? Comment sont les ongles ? Est-ce qu'un des doigts est particulièrement long ou court ? Et les phalanges ? N'oubliez pas de prendre en compte de quel doigt il s'agit. Testez la souplesse des doigts et du pouce.
Monts : concentrez-vous sur les monts de la paume. Regardez-les un par un pour déterminer s'ils sont surdimensionnés, neutres ou enfoncés. Notez quels monts sont les plus saillants et lesquels sont creux. Y a-t-il des différences entre les deux paumes ? Prenez-en note aussi.

4// EMPREINTES DIGITALES
Une fois familiarisé avec le paysage de la main, regardez les empreintes digitales de plus près. Cherchez des marques significatives sur le bout des doigts. Si vous en voyez, prenez en compte le doigt sur lequel elles apparaissent.

5// LIGNES
Maintenant vous disposez d'une bonne base de renseignements sur le caractère de la personne et ses traits dominants ou contradictions, et vous pouvez partir de ces connaissances pour interpréter ce que vous voyez dans les lignes de sa main. Si vous lisez les deux mains, commencez par la main passive. Si vous n'en choisissez qu'une, préférez la dominante.

Lignes majeures : commencez par la ligne de tête, puis la ligne de cœur, la ligne de vie et la ligne du destin. Prêtez attention à la qualité des lignes, à leur longueur et à leur courbe. Notez les interruptions ou autres marques : îlots, maillons ou fourches. Cherchez s'il existe un anneau de Vénus.

Lignes mineures : une fois la signification des lignes majeures décryptée, cherchez les lignes mineures et déterminez la manière dont elles renforcent les implications des lignes majeures ou interagissent avec elles.

6// DÉTAILS COMPLÉMENTAIRES
Quand vous avez fait l'inventaire des lignes majeures et mineures sur chaque paume, vous pouvez approfondir votre lecture en trouvant des marques et empreintes spécifiques.

Marques : cherchez des marques spéciales sur les paumes et notez quelle ligne ou zone est affectée. Elles vous aideront à compléter ou à préciser les informations déjà rassemblées.

Boucles palmaires : regardez s'il y a des boucles notables sur la paume et interprétez-les pour ajouter d'autres détails à votre lecture.

PERSONNALISEZ VOTRE LECTURE
Avec l'entraînement, vous gagnerez en aisance pour lire les lignes de la main, et vous voudrez peut-être alors changer l'ordre des étapes donné ici. Suivre cet ordre vous guide à travers les éléments qui vous fourniront le plus d'informations, mais vous êtes libre de l'adapter à vos besoins et capacités de manière à travailler de manière plus efficace.

TRANSMETTRE DES RÉVÉLATIONS

Être capable d'interpréter la topographie, les lignes et les marques sur les mains de quelqu'un est une chose, transmettre les renseignements que cette lecture révèle en est une autre. La chiromancie est une pratique qui demande du doigté et un sens de la nuance, surtout quand il s'agit des paumes de quelqu'un d'autre. Voici quelques conseils qui vous aideront à rendre cette expérience agréable et éclairante pour tous les participants.

Faites passer la personne avant tout. N'oubliez pas de vous concentrer sur la personne dont vous étudiez la main : elle doit se sentir à l'aise. Ressentez son énergie pour trouver un style qui convient à sa personnalité et à son état d'esprit.

Posez des questions. Interroger la personne pendant que vous déchiffrez sa main vous aidera à lire de manière plus juste et renforcera votre capacité à créer une histoire cohérente à partir des indications de ses paumes. Soyez très prudent si vous abordez des sujets sensibles.

Prenez en compte tous les éléments. Prenez à la fois en compte ce que vous déduisez du caractère de la personne d'après la forme et la topographie de sa main et les informations qu'elle vous a données en réponse à vos questions. Cherchez des confirmations et des contradictions afin d'explorer la trajectoire de la personne et d'éclairer la manière dont son caractère influe sur ses relations, son travail et ses objectifs personnels.

Évitez le jugement. La lecture des lignes de la main doit se faire dans un espace de confiance. Vous ne pouvez pas émettre de jugement, vous aidez simplement une personne à explorer sa personnalité et ses expériences. Essayez de comprendre d'où elle vient pour aborder les choses de manière productive au lieu de calquer votre vision du monde et vos valeurs sur une trajectoire qui lui est propre.

Faites preuve d'empathie. Beaucoup de marques et de détails ont des connotations négatives, mais il y a toujours un aspect positif. Insister sur les côtés positifs d'un trait de caractère ou montrer comment des caractéristiques négatives peuvent être utilisées à bon escient créent une expérience plus bénéfique pour tout le monde. Rien n'est gravé dans le marbre, et même les expériences ou les caractères « négatifs » peuvent être vus d'une autre manière en changeant de perspective.

Soyez discret. BLire la paume de quelqu'un est un échange intime. Des informations personnelles sont abordées, et la personne peut se sentir vulnérable. N'hésitez pas à rassurer la personne en lui assurant le respect de la confidentialité de l'échange.

EXEMPLE DE PAUME N° 1

CE QU'IL FAUT REMARQUER :

- paume carrée, doigts longs
- peau parcheminée
- mont de Mercure élevé
- mont de Jupiter surdéveloppé sur la main active
- annulaire long
- la ligne de vie commence haut, avec une courbe marquée

1. Examinez la forme de la main. Les paumes de cette personne sont larges et carrées, avec des doigts longs : c'est donc une main d'air. Cette personne présente sans doute un bon équilibre entre sens pratique et innovation.
Elle a une curiosité insatiable et se montre aussi très sociable.
2. La peau est parcheminée, ce qui indique que cette personne préfère exercer son esprit plutôt que son corps.
3. Le mont de Mercure est élevé, ce qui révèle une personne qui sait bien communiquer et utilise ce talent pour faire avancer sa carrière, en développant son réseau et en utilisant cette sociabilité pour les affaires comme pour les loisirs.
4. Cette personne a aussi un mont de Jupiter surdéveloppé sur la main dominante. Puisque Jupiter est lié à l'ambition et à la confiance, cette personne a peut-être un ego surdimensionné et devra veiller à ce que son envie d'atteindre ses objectifs n'éclipse pas d'autres éléments importants de sa vie. Son penchant pour la communication peut la mener au succès, mais avec ce mont de Jupiter elle devra faire attention à ce qu'elle dit, car sa volonté d'avancer peut la mener à faire des remarques blessantes ou égoïstes.
5. Un annulaire long indique que cette personne a un fort besoin de s'exprimer et aime les plaisirs de la vie, petits et grands. Ce doigt confirme l'hypothèse que cette personne a une haute opinion d'elle-même. Il lui faudra modérer cette tendance.
6. Il n'est pas surprenant que la ligne de vie commence haut, ce qui indique une attention particulière aux résultats. Clairement, cette personne est sur le sentier du succès et pense savoir précisément à quoi cela ressemble. Il s'agit d'une arriviste qui ne ménage pas sa peine, douée de facilités pour diriger. La courbe marquée de la ligne signale que cette ambition se double d'une personnalité charismatique. Si elle parvient à juguler son ego, cette personne a tout pour inspirer et motiver les autres grâce à son grand enthousiasme.

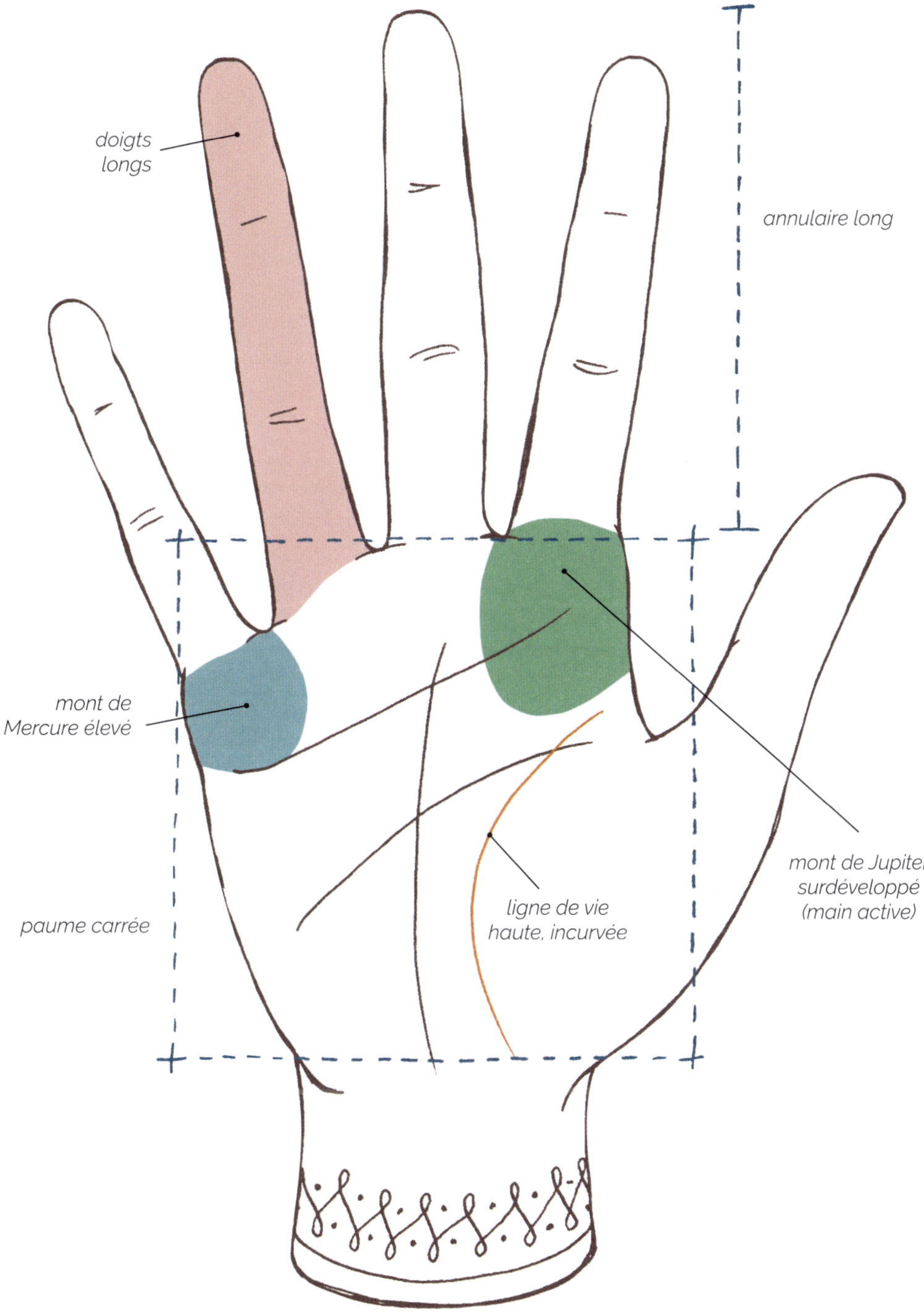
doigts
longs
annulaire long
mont de
Mercure élevé
mont de Jupiter
surdéveloppé
(main active)
ligne de vie
haute, incurvée
paume carrée

EXEMPLE DE PAUME N° 2

CE QU'IL FAUT REMARQUER :

- paume étroite, doigts longs
- mont d'Apollon élevé
- mont de Saturne enfoncé sur la main active
- bout des doigts arrondi
- index long
- ligne de cœur profonde et droite sur la main passive, avec des maillons, et incurvée vers le bas sur la main active

1. Étudiez la forme de la main. Les paumes de cette personne sont étroites, rectangulaires, avec de longs doigts : c'est une main d'eau. Cette personne est sans doute très créative et ressent beaucoup d'émotions profondes. Elle est sans doute un peu introvertie.
2. Un mont d'Apollon élevé renforce sa créativité et indique une disposition enjouée. Il est intéressant de remarquer que ce mont d'Apollon fort suggère une sociabilité plus importante que ce qu'une main d'eau affectionne.
3. La main active présente un mont de Saturne enfoncé, ce qui indique une tendance aux sautes d'humeur et une nature un peu dépressive, élément qui semble être en contradiction avec un mont d'Apollon élevé sur les deux mains : il sera bon d'explorer cet aspect avec la personne pour voir s'il existe chez elle un conflit intérieur.
4. Les extrémités de doigts arrondies signalent un pacificateur à l'esprit positif et romantique, qui travaille sans doute dans un domaine créatif.
5. L'index long indique un sens de l'ambition développé, qui peut entrer en conflit avec la nature calme et sensible de cette personne.
6. Sur la main active, la ligne de cœur présente des maillons et s'incurve légèrement vers le bas. Ce genre de ligne indique des émotions en montagnes russes : cette personne est susceptible d'éprouver des sentiments forts pour quelqu'un un jour et d'en douter le lendemain. La courbe allant vers le bas semble témoigner d'un manque d'estime de soi, surtout au sujet des relations. Cela pourrait expliquer son comportement inconstant avec ses partenaires. Ce qui est intéressant concernant cette ligne de cœur, c'est qu'elle diffère de celle de la main passive, qui est profonde et droite. Il y a peut-être quelque chose qui empêche cette personne d'avoir des relations plus équilibrées et stables alors qu'elle y semble prédisposée.

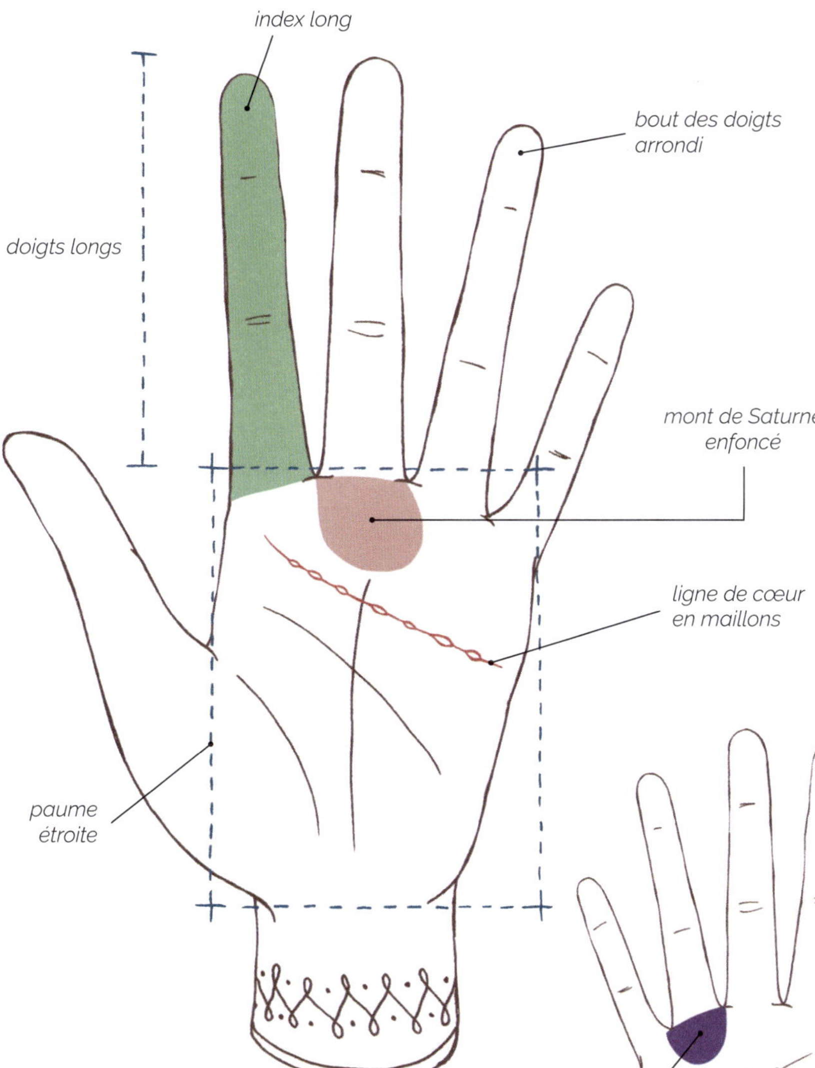

MAIN DOMINANTE

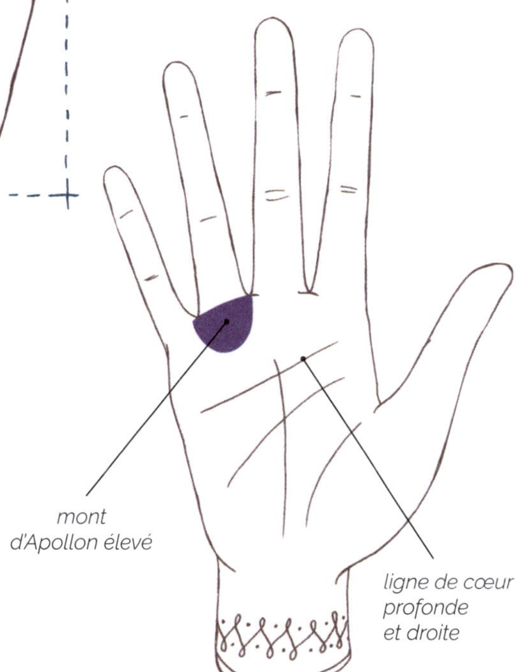

MAIN PASSIVE

EXEMPLE DE PAUME N° 3

CE QU'IL FAUT REMARQUER :

- paume carrée, doigts courts
- peau granuleuse
- boucles sur l'empreinte de l'index
- lignes de vie profondes, début bas sur la main passive
- ligne du destin qui démarre sur la ligne de vie
- ligne de mariage bien marquée

1. Les paumes de cette personne sont larges et carrées, avec des doigts courts : c'est une main de terre. Cette personne est sans doute bien ancrée dans une vie stable et se sent plus à l'aise à l'extérieur.
2. La peau granuleuse indique une préférence pour l'action plutôt que la réflexion prolongée ou des paroles. Cette personne aime être active et motivée.
3. Les boucles sur l'empreinte de l'index révèlent qu'elle est aussi très attentionnée et pleine de compassion. C'est une personne qui aime naturellement s'occuper des autres et a conscience de leurs besoins.
4. Les lignes de vie profondes témoignent d'une grande vitalité, d'un goût de la vie et d'une forte stabilité. C'est une personne pleine d'énergie avec des racines profondes : elle est très attachée à la vie domestique et familiale. Elle est stable et fiable, et ses valeurs sont bien ancrées et peu susceptibles de changer. Le départ bas de la ligne de vie sur la main dominante montre qu'elle recherche une vie simple : elle aime passer du temps avec sa famille et ses amis, dédaignant l'ambition professionnelle au profit d'un mode de vie proche de la nature et loin du stress.
5. La ligne du destin part de la ligne de vie, ce qui indique que cette personne a grandi au sein d'une famille aimante et d'un grand soutien, et qu'elle poursuit cette tradition avec sa propre famille, plaçant les besoins de ses proches avant tout. C'est le pilier de la famille, et sa trajectoire est dictée par son sens pratique.
6. L'existence d'une ligne de mariage bien marquée suggère qu'elle s'épanouit dans un engagement monogame sur le long terme.

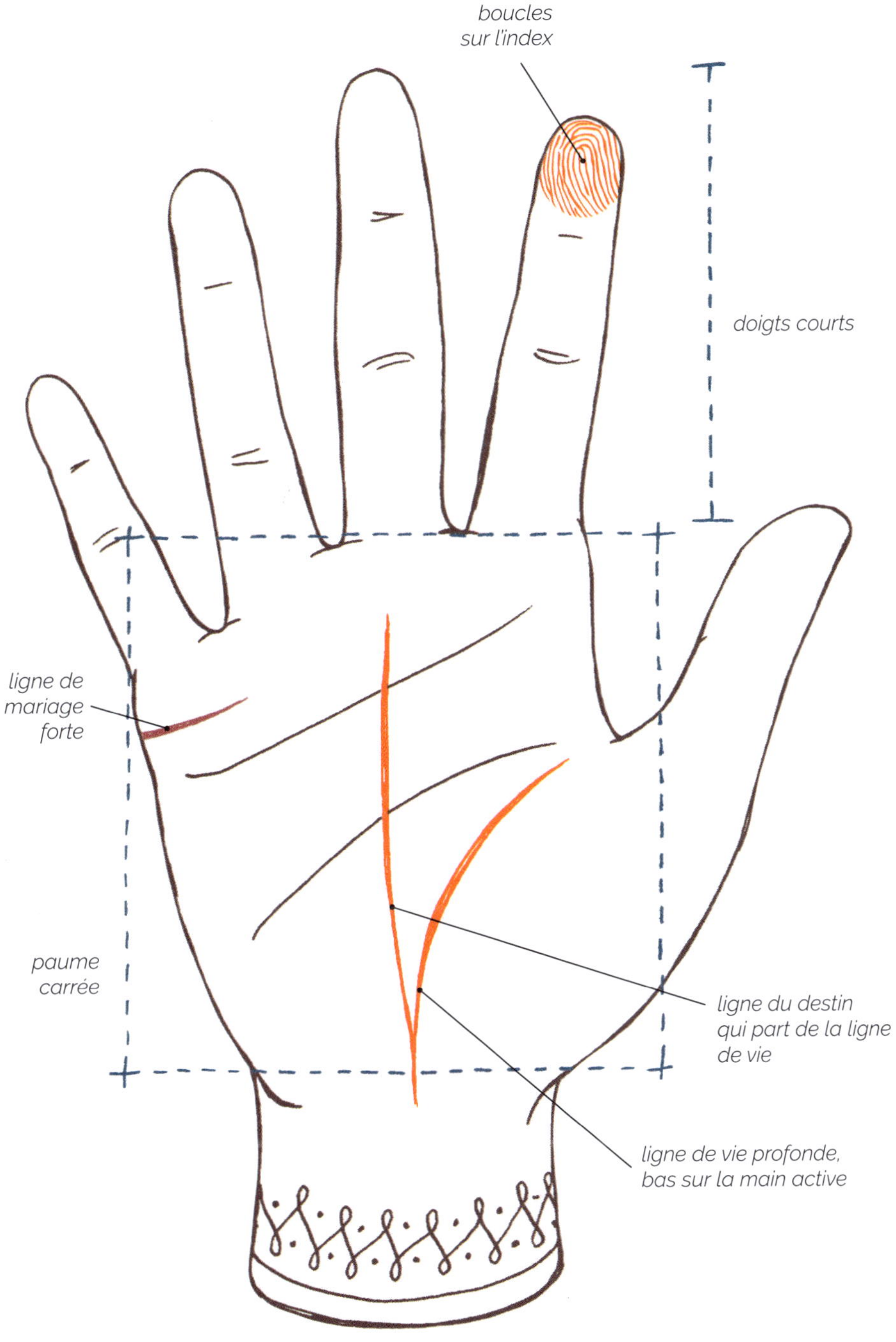
boucles
sur l'index
doigts courts
ligne de
mariage
forte
paume
carrée
ligne du destin
qui part de la ligne
de vie
ligne de vie profonde,
bas sur la main active

EXEMPLE DE PAUME N° 4

CE QU'IL FAUT REMARQUER :

- paume rectangulaire, doigts courts
- phalanges du haut longues
- auriculaire long, incliné vers l'annulaire sur la main active
- mont de Mars supérieur surdéveloppé
- boucle de volonté présente sur la main passive

1. Les paumes de cette personne sont longues et rectangulaires, avec des doigts courts : c'est une main de feu. Cette personne est sans doute très énergique et extravertie, toujours active, allant de l'avant sur son chemin singulier.
2. Les longues phalanges du haut révèlent que l'esprit de cette personne est très actif : elle est dotée d'un intellect puissant et d'une curiosité insatiable.
3. Les auriculaires longs sont associés à la capacité de communiquer de manière efficace. Cette personne est sans doute un bon orateur, qui s'exprime avec aisance. L'inclinaison du petit doigt vers l'annulaire sur la main dominante indique qu'elle est aussi charmante, ce qui va dans le sens d'un don de persuasion.
4. Le mont de Mars supérieur est lié à la force intérieure, et comme il est surdéveloppé, cela va de pair avec l'acuité mentale, mais son sens de l'intégrité peut se transformer en comportement moralisateur. Cette personne aime sans doute mettre à l'épreuve ses capacités mentales, en s'engageant dans des débats animés avec ceux dont l'avis diffère du sien.
5. La ligne du destin part du centre de la base de sa paume, et elle est longue et claire, indiquant un sentiment d'identité fort. Cette personne a sans doute su très tôt vers quelle carrière se diriger. Cette assurance lui permet de poursuivre avec succès une trajectoire professionnelle choisie.
6. La boucle de volonté sur la main passive indique son engagement dans sa carrière : cette personne aime travailler dur dans un domaine qu'elle a choisi et atteindre les objectifs qu'elle se fixe. Elle préfère travailler à son compte, mais doit prendre garde à ne pas sacrifier d'autres parties de l'existence au profit de sa carrière.

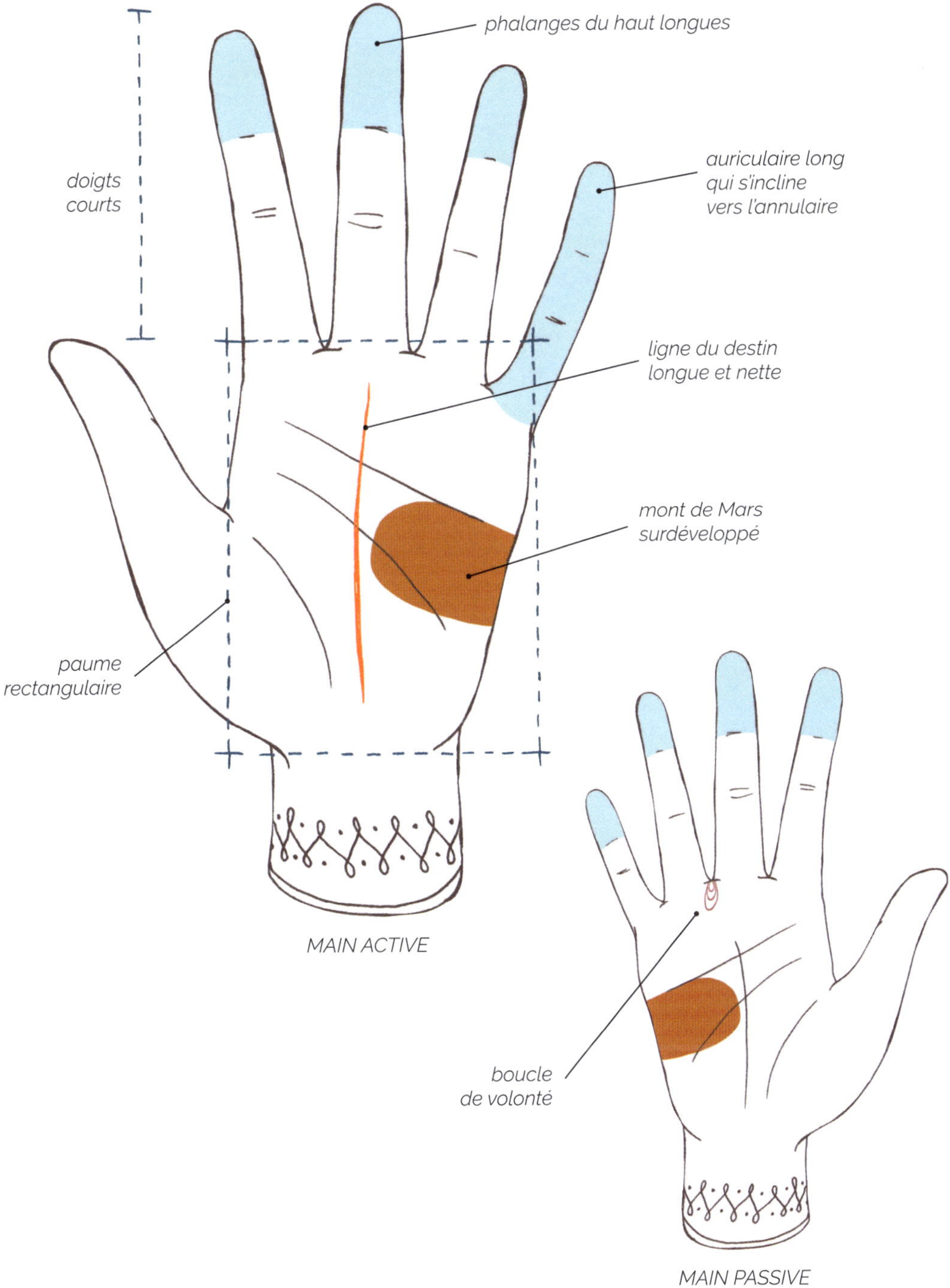

phalanges du haut longues
doigts courts
auriculaire long qui s'incline vers l'annulaire
ligne du destin longue et nette
mont de Mars surdéveloppé
paume rectangulaire
MAIN ACTIVE
boucle de volonté
MAIN PASSIVE

EXEMPLE DE PAUME N° 5

CE QU'IL FAUT REMARQUER :

- paume rectangulaire, doigts longs
- bout des doigts pointu
- arche sur l'empreinte de l'index de la main active
- lignes de tête et de vie liées
- ligne de cœur droite, avec des branches
- lignes des ennuis

1. Les paumes de cette personne sont longues et rectangulaires, avec les doigts longs : c'est une main d'eau. Cette personne est sans doute très créative, pétrie de beaucoup d'émotions profondes. Elle est sûrement un peu introvertie.
2. Les extrémités pointues des doigts sur la main dominante équilibrent sa sensibilité rêveuse par un bon sens pratique. Cet élément témoigne d'un ancrage, et la présence de l'arche sur l'index de la main active signale qu'elle accorde une grande valeur à la sécurité.
4. La ligne de tête et la ligne de vie sont jointes au début, ce qui montre un lien fort à la famille et un sens du devoir familial.
5. Le fait que la ligne de cœur soit droite ajoute un autre élément d'ancrage à sa nature émotive. Cela indique une personne profondément romantique mais capable de garder la tête froide dans ses relations, sans se laisser submerger par l'irrationalité amoureuse. Les branches révèlent un papillon social, qui se fait beaucoup d'amis, ce qui semble en contradiction avec la nature introvertie indiquée par les mains d'eau. Explorer avec la personne la manière dont s'articulent ces deux facettes pourrait mener à des renseignements intéressants.
6. Les deux paumes présentent un certain nombre de lignes des ennuis légères sur le mont de Vénus, impliquant que si cette personne n'a sans doute pas de gros soucis elle connaît de petits ennuis quotidiens. Il faudrait lui suggérer de trouver le moyen de réduire ce stress, car cette anxiété chronique, même légère, a un impact négatif sur la santé.

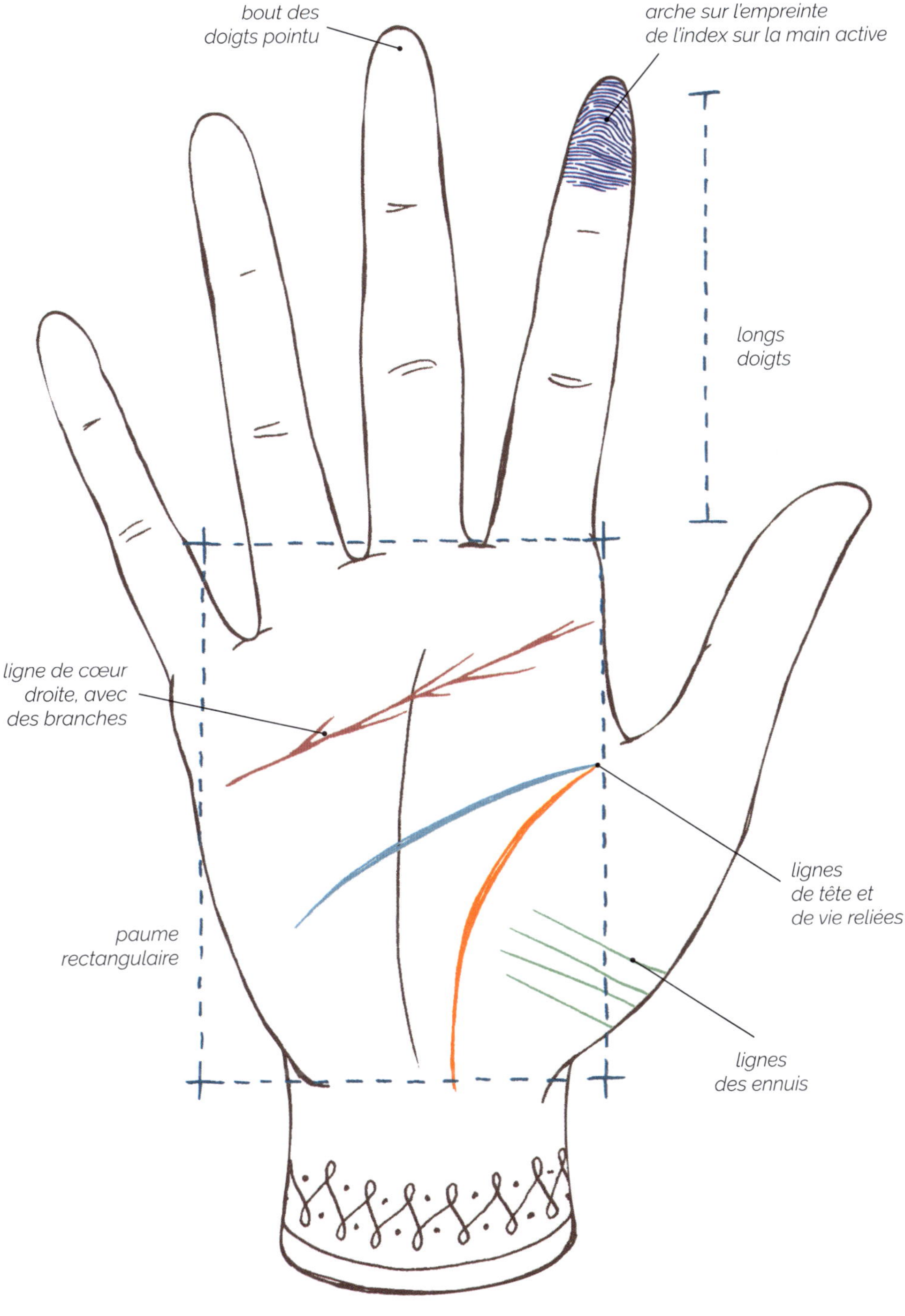

bout des
doigts pointu
arche sur l'empreinte
de l'index sur la main active
longs
doigts
ligne de cœur
droite, avec
des branches
lignes
de tête et
de vie reliées
paume
rectangulaire
lignes
des ennuis

INDEX

REMERCIEMENTS

Les mains sont des conteuses d'histoires, et bien des mains serviables ont contribué à la réalisation de ce livre. Merci à Catie Ziller pour ses conseils et son soutien, à Kathy Steer pour avoir amélioré ma prose et à Alice Chadwick pour avoir donné vie à ce livre grâce à ses illustrations merveilleuses. Merci à Lisa Linder pour ses magnifiques photos, qui racontent elles aussi une histoire. Et enfin je tiens à exprimer toute ma gratitude envers ma famille : j'ai tant de chance d'être entre de si bonnes mains.

Ouvrage co-réalisé aux Etats-Unis par :
Édition : Catie Ziller
Texte : Lisa Butterworth
Photographie : Lisa Linder
Mise en page : Aya Nishimura
Design : Alice Chadwick
Relecture : Kathy Steer

Pour l'édition française :
Traduction : Emmanuelle Casse-Castric
Mise en page : Guillaume Arduré
Relecture : Valérie Poge

58, rue Jean Bleuzen 92170 Vanves

7108971
ISBN : 978-2-501-1621-8
Dépôt légal : novembre 2021
Achevé d'imprimer en octobre 2021 sur les presses de Graficas Estella.